沒有出口

出口なし

藤 達利歐　藤ダリオ 著

許金玉 譯

12:00～11:00

11:00～10:00
10:00～9:00
9:00～8:00
8:00～7:00
7:00～6:00
6:00～5:00
5:00～4:00
4:00～3:00
3:00～2:00
2:00～1:00
1:00～0:00

輕柔的旋律流瀉著。

小野寺裕太以為這段旋律是通知電車將要發車的音樂。以前是單調乏味的鈴聲，即使並不趕時間，也像被人催促一樣，教人心頭忐忑，但這段短短的旋律有著使人心靈沉澱下來的音色。

裕太閉著雙眼，沉醉地聽著那段音樂。

簡短的旋律播放完畢後，沉默降臨。

沒有聽見一如既往的喧囂。

突如其來的靜寂讓裕太不安起來。他以為自己在電車上睡著了，但似乎不是。

裕太緩緩張開沉重的眼皮。

有著無數小黑點的白色天花板映入眼簾。他在房間裡，但不是自己的房間。

「這裡是哪裡？」
裕太慌忙坐起上半身。原來他是直接躺在地板上。
「這到底是怎麼回事？」
裕太克制著不讓大腦陷入混亂，竭盡所能確認狀況。
「這……不是夢吧……？」
眼前是一邊約有十公尺長的正四方形房間，所有牆壁全是銀色金屬板，其中一面用黑色噴漆寫著偌大的「第3號房間」幾個字，地板上貼著沒有彈性的白色壁紙。離天花板大概有十公尺高吧，比一般住家還高得多，有八個圓形照明燈從那裡照亮房間。
簡直像是科幻電影裡會出現的近未來風格、冷冰冰的房間。
裕太緩慢環顧房間。這個房間沒有一般該有的東西。
「怎麼會？」
他全身顫抖，再一次仔細察看房間的每個角落。但是，果然沒有「那個東西」。
這個房間沒有「門」。不對，不只是門，也不見半扇窗戶或通風口之類、可供人通過的出口。比起房間，這裡更像是四角形的箱子內部。沒有出口——
一名短髮女性躺在臉色慘白的裕太身邊。
一看見她，昨晚的記憶就重新湧現。但正確說來也許不是昨晚，而是好幾天前的記憶了……總之，裕太看見她後，回想起了自己還記得的最後一天。

她的名字是川瀨由紀，東埼大學工學系三年級生。裕太和由紀在約會。雖說約會，也只是一起看電影吃吃飯。別說接吻，兩人連手都還沒牽過。那天也是兩人首次單獨見面。

那一天，兩人在新宿看了風評不錯的愛情片。對於患了不治之症的戀人最後死了的老掉牙劇情，兩人都大皺眉頭，邊在居酒屋吃飯邊異口同聲痛批那部電影，又在酒吧喝了雞尾酒。後來為了送她回家，兩人坐上計程車。到此為止他都記得，但為什麼現在……

「發生什麼事了？」

細微但鎮定的話聲傳來。由紀已經撐起上半身，張著杏仁大眼四處張望。

「你還記得來這裡之前的事嗎？」

「到在酒吧喝酒、坐上計程車為止都還記得。」

「我也是。」

「是在計程車上發生了什麼事嗎？」

「不曉得。」

由紀搖搖晃晃地站起身，審視房間一圈。

「我們好像被關起來了。」

「而且被關起來的不只有我們。」

房內除了裕太和由紀外，還有男女共三人。分別是穿著名牌西裝的微胖中年男子，和穿著黑色夾克外套搭配裙子，三十幾歲的長髮女子。兩人的關係似乎相當親暱。他穿著髒兮兮的棉質衣服，看來就像遊民。

最後是抱膝坐在房間角落，頭髮蓬鬆雜亂，年紀約三十上下的男子。

「您知道這裡是哪裡嗎？」

裕太問西裝男。男人的鬍子未經修整。裕太也在意起鬍子，摸了摸下巴，發現觸感有些粗糙，看來鬍子變長了一些。他約會前才剃過鬍子，果然在那之後已經過了一天。

「這個嘛……」

聽到裕太發問，男人看向身旁的女子，女子膽怯地搖搖頭。她臉上的妝脫落大半，眉毛也不見了，五官因此顯露出苛薄之色。

「我們完全不曉得這裡是哪裡，還有自己為什麼會在這裡。」

裕太接著也問了看似遊民的男子。

「我什麼也不知道。」

看似遊民的男子低垂著頭，嘟囔說道。

「這個房間太奇怪了！」

身後傳來女性的刺耳叫聲。裕太回過頭，長髮女子正在大聲嚷嚷。

「這裡沒有門，到處都看不到門！」

她陷入恐慌了。

「妳冷靜一點！沒事的。」
同行的中年男人說著沒有根據的話安慰她。
「什麼沒事，這種情況哪裡沒事了！」
女子兇巴巴地反駁中年男人。
「這裡沒有門喔，要怎麼樣才能出去！」
「一定有某個地方設置了機關。」
中年男人讓女子坐下後，走向牆壁。他是想檢查看看有沒有什麼機關吧。
裕太半抱著期待，注視男人的行動。
中年男人定睛望著金屬板牆壁，伸手觸摸。下一秒，「唧」的短促電流聲響起，男人往後一跳離開牆壁。
「怎麼了？」
裕太一問，中年男人便將蒼白的臉轉向他。
「這、這上面有電。」
「咦！」
「這下子根本不能碰牆壁。」
在茫無頭緒的情況下，裕太一行人被關在百分之百的密室裡。
裕太想起幾年前看過的《異次元殺陣》這部電影。數名男女被關在立方體房間裡，他們必須從牆壁、地板和天花板上的門離開房間，尋找出口。在互相連接的許多房間中，有房間設置了陷阱，一旦走進去，恐怖的機關就會啟動，接二連三地殺死主角等人。

現在的狀況和電影很像，但與那部電影不同的是，《異次元殺陣》的房間有門，這裡卻一扇門也沒有。沒有門，就無法逃脫。

「我們都已經死了……」

待在房間角落，疑似遊民的男子用令人發毛的嗓音低語。

「這裡是通往另一個世界的等候室。」

聞言，長髮女子左搖右晃地起身。

「……不要，我才不想死……救命啊，誰來放我出去——」

然後她衝向金屬板牆壁。

「不行！」

裕太想阻止她，卻被她輕易地一手推開。

女子拍打牆壁想要求救，就在那瞬間，電流貫穿全身。

「呀——！」

遭到電擊後，女子大驚失色地跌坐在地。

「這、這、這是什麼……」

「會覺得痛，表示妳還活著喔。」

由紀冷冷地對發出慘叫的女子說。她的態度讓女子相當不悅。

裕太不禁苦笑。由紀心直口快，天不怕地不怕的個性在朋友間風評不佳。但是，裕太就是欣賞作風強勢的由紀。

長髮女子頹坐在地，整個人因這絕望事態茫然失神。

「你們想得起自己是怎麼進到這裡來的嗎？」

中年男人詢問裕太。男人名叫丸山一彥，四十八歲，現為建設公司的部長。長髮女子是丸山的下屬今井美奈子，三十九歲。

裕太向丸山描述了他們自己最後的記憶。

「我們也是。和她吃完飯後，搭上計程車一醒來，就在這裡了。」

「果然是因為搭計程車嗎？」

「早知如此，就算喝醉酒，還是該自己開車回去。都怪那傢伙，說什麼酒駕很危險，搭計程車比較好……」

丸山的語氣像在說會被關在這裡，都是美奈子的錯。

美奈子狠狠瞪著丸山。

氣氛很尷尬，但美奈子似乎沒有心力再向丸山抱怨。

由紀站在房間正中央的木紋桌子前，那是擺在這裡的唯一家具。堅固的鐵管桌腳被牢牢固定在地板上，沒有椅子。

由紀正在檢查桌上的「那個東西」。那樣東西在這個空間裡顯得格外突兀。

「小野寺，雖然可能白費工夫，但還是檢查一下隨身物品吧。」

由紀一說，裕太趕忙摸索衣服的口袋。見狀，丸山和美奈子也把手伸進口袋裡。口袋裡別說手機，連一塊口香糖或打火機也沒有。在被送來這裡的途中，東西全被拿走了吧。

「什麼也沒有，連手錶也被拿走了。」

「我的領帶也被取走了。」

繼裕太之後，丸山跟著說道。美奈子也搖了搖頭。看似遊民的男子完全沒有察看口袋，但看他的穿著，也用不著找吧。

「能打造出這種房間的傢伙，應該不會笨到忘記拿走手機吧。」

由紀像在報告實驗的分析結果般說。

「沒用的，我們都死了。」遊民男陰沉地逕自下結論。

裕太忍不住火大地瞪向男子。

由紀走到遊民男跟前，雙手抱胸直挺挺站著。

「你怎麼能斷言我們死了？」

「因為我死了啊。」

「有什麼證據能證明你死了？」

「不是證據，而是從狀況來看，我已經死了。」
「那說明一下是什麼狀況啊！」
由紀想與遊民男四目相對，但他臉龐低垂，只是一直面朝下方。
「我自殺了。所以，這裡是通往另一個世界的等候室。」
由紀一臉不以為然，心浮氣躁。
「不久天使或是死神就會出現，帶我們到另一個世界去。」
看似遊民的男子繼續說著愚不可及的論調。
「能說說你是怎麼自殺的嗎？」
「我是……」
原先滔滔不絕的男子突然結巴起來。
「你自己說你死了喔。至少能告訴我們死法吧。」
「……那個……算是自然死亡吧……」男子小聲地說。
「自然死亡的自殺是什麼意思？」
「也有可能是凍死……」
「夠了，你講話再清楚一點！」由紀表情凌厲地狠狠瞪著男子。
裕太也無法插手干涉，只能屏著呼吸注視兩人的一來一往。
男子還是低著頭，嘟嘟囔囔地開始說明。

「我走進了富士山的樹海。我想尋死，但沒有勇氣自殺。所以要是運氣好能夠走出那裡，我就打算豁出一切從頭來過……但要是沒能出來，就直接死在那裡頭……」
裕太覺得他的聲音很耳熟，但想不起來在哪裡聽過。
「你在樹海裡徘徊了幾天？」
「這……」
由紀逼問支吾其詞的男子。
「幾天？」
「一、一天。」
「才一天！」
「正確地說應該是半天左右……進入樹海的當天晚上，我走得很累睡著了，一醒來就……」
「就在這個房間了吧？」
男子臉龐朝下地點點頭。
「那根本無法確定你死了吧。」
「可是……我想尋死是事實啊。所以，我一定是死了……」
「哇……最近連前往另一個世界的方式，也變得很高科技呢。」
由紀冷若冰霜地丟下這句話後，便緩緩起身，走向置於房間正中央桌上的「那個東西」——也就是桌上型電腦。

桌上有電腦主機、螢幕、鍵盤和滑鼠，最起碼該有的操作道具都齊全了。電腦的電源線和網路線從地板上的小洞延伸而出。還有一條電線從電腦往外延伸，連接著放在桌子後方，半徑一公尺寬，高約三公尺的圓筒。圓筒上裝著電子計時器。

計時器的顯示時間為11小時35分鐘……不，變成11小時34分鐘了。

由紀面向電腦站著。

「我們可以操作電腦嗎？」裕太擔心地開口。

「既然放在這裡，就是要我們操作吧？」

說是這麼說了，但由紀似乎也不確定，猶豫著要不要握住滑鼠。

螢幕正播放著保護程式，詭異的魚類在深海裡悠游。

「你不覺得這台電腦是能否離開這裡的關鍵嗎？」

「可是，我也很在意那個。」

裕太指向裝有計時器的圓筒。

「那樣子簡直就像……定時炸彈。」

由紀也注意到了，所以才沒有碰滑鼠。倘若圓筒是定時炸彈，一握住滑鼠就會爆炸的話，恐怕在場所有人都會沒命。

計時器的時間變成11小時33分鐘。

「就算那是定時炸彈，既然有計時顯示，就表示還有時間吧？不會馬上爆炸。」

由紀不再遲疑，握住滑鼠。

螢幕的畫面出現切換。

圓筒沒有爆炸，時間顯示也沒有改變。

裕太如釋重負地用力吐了口氣。

「你振作一點。」由紀說，為臉色鐵青的裕太打氣。

「嗯……」裕太窩囊地應聲。

「欸，快看！」

聽見由紀催促，裕太也探頭看向螢幕。

螢幕上出現了熟悉的畫面。

「這個是？」

「嗯……」

觀察著兩人模樣的丸山也走到電腦前。

「怎麼了嗎？」

「好像可以用電腦，這個介面是收發信件用的軟體。」

「咦！」

聽了裕太的說明，丸山的聲音高了八度。

「也就是說……」
「我們可以發送郵件。」
「什、什麼？你們剛剛說了什麼？」
呆坐在地上的美奈子連滾帶爬地迅速靠了過來。
「可以發送郵件……」
「還不確定。」由紀很謹慎。
「妳快點試試看啊！」
聽到美奈子的命令語氣，由紀與裕太不快地互相對望。
「那個圓筒和計時器就像定時炸彈一樣吧？」
由紀說完，美奈子和丸山重新看向圓筒。
「那個圓筒和電腦連在一起嗎？」丸山問。
「我擔心如果隨便操作，有可能會爆炸。」
「嗯，也是呢。」丸山發出沉吟。
「結果到底怎麼樣嘛！」美奈子承受不了緊張，發出刺耳的高音。
「妳覺得呢？」
由紀壞心地反問。一被徵求意見，美奈子立即面有難色。
「這、這種事我怎麼知道……」

「是喔。」由紀簡短回應，一副明顯瞧不起美奈子的模樣，然後向大家確認地問道：「那就由我來操作囉，沒問題吧？」

「嗯、嗯……」

但只有裕太答腔，其他人都沉默不語。

由紀焦急地移動滑鼠，點下撰寫新郵件的圖示。

一般都會出現新郵件的撰寫視窗，但這台電腦卻一點反應也沒有。無可奈何之下，由紀又接連點了其他圖示，但每個圖示都打不開。

「好像無法發送郵件。」由紀自暴自棄地說。

「也就是無法求救囉？」

「沒錯。」

「真是空歡喜一場！」

美奈子頹然地癱坐在地。

由紀早就料到會這樣了吧，看起來不怎麼沮喪。

裕太看著螢幕，發現了一件事。

「快看這個！」

聽見裕太大喊，由紀將目光投向螢幕。

「收件匣」有一封新郵件。

「有人寄了郵件來。」
「怎麼回事？」
由紀看向裕太。
「打開看看吧。」
由紀點點頭後，點下收件匣。
畫面切換至收件匣，有一封未讀郵件。

寄件者：管理員
主旨：歡迎來到遊戲屋

看來這封信是將裕太等人關在這裡的兇手寄來的。
「我打開囉。」
裕太和丸山默默點頭。
打開郵件，出現在螢幕上的是——

歡迎來到遊戲屋！

接下來說明遊戲內容。

你們如果想平安回家，就只能找到謎題的答案，贏得比賽。

房內的氧氣只提供十二小時。不對，已經不到十二小時了呢。請在時間之內找出答案吧。

我不接受任何提問。

那麼，開始出題。啊，我突然忘記題目了。

請各位等我一下吧！

「簡直瘋了！」由紀抬高音量說。

「只為了戲弄我們，就創造出這種地方嗎……」

「重點在於謎題是什麼吧？」

丸山也看完了郵件，大表不滿。

「不曉得。」

「看來那個圓筒是氧氣槽。」

「所以裡頭有十二小時五人份的氧氣吧。」

「不過，知道那個不是炸彈後，我還真是鬆了口氣。」

「你是笨蛋嗎？」

聽到裕太不經大腦的發言，美奈子大為光火。

「我們還是一樣無法離開這裡啊。而且氧氣還只提供十二小時，我們根本只能等死。」

「不對，是剩下十一小時再十五分鐘。」

由紀看向圓筒的計時器，故意挑毛病。

美奈子皺起臉，背過身去。

「竟然創造出這種愚蠢的遊戲來玩弄人命，真是不可饒恕。不管兇手是什麼人，我絕對要逃出這裡再抓住他。」

由紀狠狠瞪著電腦螢幕。

12:00～11:00
11:00～10:00
10:00～9:00
9:00～8:00
8:00～7:00
7:00～6:00
6:00～5:00
5:00～4:00
4:00～3:00
3:00～2:00
2:00～1:00
1:00～0:00

輕柔的旋律從電腦傳出。

「這個音樂……」

裕太發現這是清醒前聽到的旋律。

面向電腦的由紀表示收到了第二封郵件。

看來那段旋律是通知收到郵件的音樂。

氧氣槽的時間顯示為11小時00分鐘。

裕太走向電腦前的由紀，丸山和美奈子從後頭觀察著裕太兩人的情況。疑似遊民的男子不知是否真以為自己死了，沒有表現出興趣。

「收件匣」有一封新郵件。

「我打開囉。」

由紀點下收件匣圖示，打開信件。

寄件者：管理員

主旨：謎題

讓各位久等了，題目在此。

——你是誰～？

這個謎題是尋找自我之旅……開玩笑的啦，接下來才是重點。

謎題的答案請在網路上搜尋。但是，最多只能搜尋十次。

搜尋要是失敗，就會有很～可怕的處罰等著各位，請務必小心！

解開謎題的截止時間是氧氣用完前的一個小時，換言之還有十小時。如果沒有趕在時限前找到答案，就會小命不保唷。

祝各位好運！

內容就此結束。

「這傢伙簡直亂七八糟！」

丸山氣得渾身發抖，抬高音量。

「但是，我們的性命卻掌握在這種亂七八糟的人手裡喔。」

被比自己年輕許多的由紀訓斥，丸山一臉自討沒趣的神情。

看樣子若想逃離這裡，只能解開謎題。而且謎題還很不知所云，非常抽象。

——你是誰～？

裕太思考著自己是誰。人類、男性、學生、小野寺裕太、小野寺貴一的兒子、小野寺晴美的兒子、日本人、東京都居民、中野區居民、喜歡電影的男性……仔細一想，選項還真是多得不勝枚舉。

「你要牢牢記住這一封和第一封信的內容喔。」

由紀說完，再次打開第一封郵件。

歡迎來到遊戲屋！

接下來說明遊戲內容。

你們如果想平安回家，就只能找到謎題的答案，贏得比賽。

房內的氧氣只提供十二小時。不對，已經不到十二小時了呢。請在時間之內找出答案吧。

我不接受任何提問。

那麼，開始出題。啊，我突然忘記題目了。

請各位等我一下吧！

「我記住了，但原因是什麼？」裕太問。

「因為如果打開其他頁面，也許就不能再打開看了。」

「妳要打開網頁嗎？」

「兇手是變態智慧犯，不管做什麼都要小心為上。」

由紀將信件收發軟體的視窗縮小，讓它最小化到畫面左下角。

螢幕上出現了電腦基本畫面，圖示只有郵件收發軟體和網際網路。

由紀凝視著螢幕，移動滑鼠，尋找是否有些能夠使用的功能，試著點下左下角的「開始」鍵。一般都會出現「開始」選單，這台電腦卻沒有任何顯示，打開其他資料夾的功能也被鎖住了。

「對方好像更改過系統。」

「我們的行動全被看穿了呢。」

由紀放棄無謂的掙扎，點了兩下網際網路的圖示。

螢幕上出現了網路的搜尋頁面。外觀和一般電腦的搜尋畫面沒有兩樣，但下面的圖案不同。

被關在這間房裡的五人的大頭照，就像遺照般由黑線框了起來放在頁面上。照片似乎是趁著五人熟睡時拍的，所有人都是睡臉。

裕太緊盯著疑似遊民的男子照片。他的長相似曾相識，卻想不起來。

「太無恥了。」

由紀很生氣睡覺時被人擅自偷拍。

「川瀨，我不太精通電腦，但外行人做得出這樣的系統嗎？」

裕太定定地望著螢幕問道。

「如果只是將系統設計成這樣，我想不會太困難，但這個網頁好像與網路互通，所以不是外行人吧。」說到這裡，由紀頓了一下。「不過，現在是高中生怪客[1]為了炫耀自己的技術，就會駭進美國國防部電腦的時代，所以可能不是外行人也不是專家……」

「你們該不會知道兇手是誰吧？」

美奈子突然插話，但由紀予以無視。她也討厭和這名女子扯上關係吧。美奈子因而更是火大，逼近由紀。「喂！」

裕太不得已下只好介入調停。

「怎麼了嗎？」

「會做出這種惡作劇，肯定是年輕人吧？該不會這件事就是你們的朋友做的吧？」

美奈子將目標從由紀改為裕太。
「可是，這種事已經超過惡作劇的範圍了吧。」
裕太自以為反駁得很有道理，但是……
「你該不會心裡有譜吧！」
連丸山也加入戰局。
「怎麼這麼說……」
「你說啊！」
「如果這是惡作劇，快點叫他們放我們出去！」
「你們也太不講理了……」
「現在坦白的話，我還能原諒你們喔。」
「不是我們。」
「快點說實話！」
「就算之後道歉，我也絕不原諒你們。」
美奈子緊咬不放。
「我都說了……」
被兩人聯手斥責，裕太開始招架不住。

1 Cracker，惡意破壞或破解程式、網路安全的人，一般都是非法行為，不同於駭客。

「就算可以惡作劇更改電腦的系統，我們的朋友也設計不出這種房間。」

由紀用厭煩的聲音說。

「妳還真冷靜，感覺很可疑喔。」

「我的個性就是這樣。」

「要是妳騙了我們，我可饒不了妳。」

「那句話我原封不動地還給妳。」

「什、什麼啊？」美奈子頓時畏縮起來。

「如果我是設計這個房間的人，才不會這麼冷靜。我會故意變得歇斯底里，讓大家陷入混亂。」

「妳、妳是什麼意思？」

「我的意思是，妳比我還可疑好幾倍。」

「我、我？」

「不過，如果妳的蠢樣是演技的話，都可以頒座奧斯卡給妳了。」

美奈子滿臉通紅，彷彿隨時要撲向由紀。由紀察覺到這一點，將目光投向丸山。

丸山愣了一下。

「我記得你說過，你在建設公司上班吧？」

「如果是建設公司的人，要設計出這種房間是輕而易舉吧？而且公司裡也有比學生更精通電腦系統的員工。」
由紀說完吁一口氣，過了好一段時間才說出下一句話。
「在懷疑別人之前，先懷疑自己再說吧！」
丸山和美奈子都靜了下來。
由紀看向氧氣槽的計時器。
10小時33分鐘
在互相猜疑的期間，時間依然一分一秒流逝。
「那我問個問題。」美奈子戰戰兢兢地開口。「妳覺得我們能離開這裡嗎？」
「不知道。」
聽到由紀的回答，美奈子板起臉孔。
「只是……」
「什麼？」
「如果兇手的目的是殺人或綁架，不用這麼大費周章地架設房間吧。」
「光是架設這個房間，感覺就要花不少錢呢。」
「兇手的目的不是殺人或綁架。」
「不然是什麼？私人恩怨嗎？」
由紀不想回答美奈子這毫無意義的問題，於是默不作聲。

「喂，不然是什麼？」

美奈子不停追問，但由紀一逕保持沉默。

裕太受不了這陣沉默，幫忙說明。

「兇手可能是基於樂趣而殺人。」

「基於樂趣而殺人？」

「就是為了引發世人恐慌而犯案的歹徒。」

「可是，社會大眾並不知道我們被關在這裡啊。」

「比如說用攝影機拍下這裡的情形，再送到電視台去，或者也能流傳到網路上。」

經裕太一說，美奈子環顧房間。乍看之下看不到有攝影用的錄影機，但假使天花板上的其中一個黑點是偷拍攝影機，那麼誰也不會發現吧。兇手已製造出這樣的房間，再有什麼機關都不奇怪。

裕太想起了《楚門的世界》這部電影。

內容講述在本人毫不知情的情況下，金凱瑞飾演的男主角楚門二十四小時都有電視現場直播他的生活。電影用巨大的布景搭建出楚門生活的小島。但是，就算不造出那樣的場景，也能拍出類似的電影。就像將五名男女關在密室裡，再拍攝處於極限狀態的人們會採取什麼樣的行動。

「這裡的狀況說不定全被拍下來了。」由紀邊環視房間邊說。

「有群人正看著別人痛苦的模樣而引以為樂。」丸山氣憤不平地說著。
「但不光是這樣。如果對方只想看我們痛苦的樣子，不需要放這台電腦。」
「那種信只是臨時起意，在捉弄我們罷了。」
「把我們關起來的是智慧犯喔，那種歹徒不會殺了解開自己謎題的人。」
「妳哪來的根據？」
「別看我這樣，我可是東京大學的學生。」
這句話非但沒有回答到美奈子的問題，當然也是徹頭徹尾的謊言。為了在這種狀況下取得主導權，讓自己處於優勢，由紀撒了謊。沒想到這個謊話也真的產生了效果。
也許是對學歷感到自卑，美奈子和丸山都安分下來。
裕太用眼角餘光瞪向由紀。
由紀小心著不被丸山他們看見，輕吐了吐舌頭。
「接下來妳打算怎麼辦？」裕太小聲問她。
「和兇手對決啊。」
「妳要解開謎題嗎？」
「這是一場尋找自我之旅。」
「妳不好奇處罰是什麼嗎？」
「好奇呀。」

「妳知道《異次元殺陣》這部電影嗎？」
「知道。也知道小野寺想說什麼。」
「處罰也有可能就是死亡喔。」
「可是，沒有人行動的話，一切只會維持現狀。」
由紀將目光掃向其餘三人。
「靠那三個人可不行。」
她沒有說四個人，讓裕太稍感安慰。
由紀走向電腦。
「喂，妳要做什麼！」
方才說不過由紀，變得安分守己的美奈子立即大喊。
「我要操作電腦。不曉得會發生什麼事，你們最好離遠一點。」
聽了由紀的恫嚇，美奈子頓時停下動作，說著：「這樣啊……」然後往後退開。丸山也後退了兩三步。
裕太也很害怕，但沒有離開由紀身邊。現在逃跑的話，真的會變成一無是處的男人。
螢幕上由紀的大頭照亮了起來。可能設了某種裝置，電腦可以辨別是誰在操作電腦。
由紀在搜尋欄裡輸入「一九八七年八月二十五日」。
「是出生年月日呢。」

「說到尋找自我之旅，首先都會想到生日吧。」

但由紀輸入了生日後，卻猶豫著要不要按下搜尋鍵。

「應該不會馬上就被殺掉吧……」

由紀說服自己似地說完，按下搜尋鍵。

間隔了一段時間。

失敗了嗎？還是成功了……

由紀和裕太緊張地望著螢幕。丸山和美奈子觀察著由紀兩人的情況。

遊民男依然低垂著臉。

「這是什麼……」

一隻Q版河童做出游泳的動作，從螢幕左上角游到正中央。

「河童？」

Q版河童在畫面中央踩水似地動著手腳，接著出現像是漫畫對話框的格子。看來是設定這隻河童會說話。

「嘿嘿嘿……搜尋失敗。不過，第一次搜尋是特別優待，所以不會失敗，也沒有銘謝惠顧，真是好險呢。正確的搜尋項目只有出生年而已。那麼，接下來列出一九八七年的搜尋結果。」

頁面切換成搜尋結果。

網頁搜尋共十個結果

①一九八七年的事件②The二十世紀　一九八七年③一九八七年的紀錄④一九八七年生⑤一九八七年的日記⑥知名比賽一九八七年⑦科幻電影一九八七年⑧得獎經歷——一九八七年⑨一九八七年「業績」⑩研究活動——一九八七年

「怎麼回事？」由紀喃喃自語。

「可能是只要選擇其中一個，就會出新的謎題吧。」

「裡頭有你擅長的領域嗎？」

被由紀一問，裕太遲疑起來。

「真要說的話算電影吧。」

「那選科幻電影一九八七年？」

「不，可是，我沒自信。」

雖想讓由紀看看自己的長處，但裕太沒膽量挑戰要賭上性命的謎題。

「裡頭有個網站我看過。」

「哪個？」
「『The二十世紀』，為了報告調查資料時，我常常上這個網站。」
「那就選那個網站吧。」
由紀點下第二個結果。
螢幕上出現「The二十世紀　一九八七年」的網頁。

①重大消息②風俗③熱門商品④流行語⑤運動新聞⑥當紅電視節目⑦廣告⑧電影⑨音樂⑩影藝新聞⑪暢銷書籍⑫亡故⑬科學．技術

網頁上將一九八七年發生的事情分成了十三個項目。
「沒有可疑的地方，也看看其他網頁吧。」
由紀點下「back」的圖示，想回到上一頁。
「奇怪了。」
「為什麼？」
由紀點了好幾次「back」，但畫面都沒有切換。
「他們設計成了無法回到上一頁。」
「真是失策。」

「妳有想看哪個網頁嗎？」

「不是有研究活動和業績的網頁嗎？」

「嗯。」

「我猜應該是某間研究所或公司的官方網站。如果點進去，說不定可以留言，那樣一來就能求救……」

「我想不可能。」

裕太打斷說得忘我的由紀。

「咦？」

由紀一臉茫然，看向裕太。

「這個搜尋結果有點奇怪，說不定並沒有與外界相連。」

「什麼意思？」

「用一九八七年下去搜尋，網頁的搜尋結果不可能只有十個。」

「啊，真的……的確。」

「可能只是看起來與外界相連，但其實是從兇手的電腦傳送結果過來。」

「有可能。」

兩人熱中地討論著，螢幕上又出現了Q版河童。

別拖拖拉拉的，快點選一個吧。

「怎麼辦？」

由紀難得露出沒有自信的表情。

「既然搜尋已經成功，不需要害怕吧？就選妳喜歡的那一個吧。」裕太鼓舞道。

「也是呢。」

受到裕太的鼓勵，由紀點下「⑤運動新聞」。

會發生什麼事呢……

兩人嚴陣以待，但什麼也沒有發生。

螢幕變回到網頁的搜尋畫面，乍看之下沒有任何變化，但是……

「啊……」

由紀發現了奇怪的地方。裕太也很快察覺。

螢幕上由紀的照片消失了，如今那裡寫著數字5。

「你覺得這是什麼意思？」

「可能要等五個人的結果都出來，才能發現關聯性吧。」

「只要輸入自己的出生年就好了嗎？沒想到答案這麼簡單。」

不知何時站在裕太兩人後頭的丸山說。

「請用。」由紀放開滑鼠，從電腦前面離開。

裕太無法理解由紀的行動。

「這樣好嗎？」

對於裕太的疑惑，由紀回以耐人尋味的笑容。

由紀和裕太離開電腦前面後，美奈子便走到丸山身旁。遊民男依舊待在房間角落，形成了二對二對一的局面。

「如果這個遊戲不是《異次元殺陣》，而是《大逃殺》的話呢？」

聽了由紀的推測，裕太背脊一陣發涼。確實有這個可能性。五人必須在這間房裡廝殺，只有活到最後的那個人才能得救。

「如果真的變成那樣，你下得了手殺我嗎？」

裕太不知所措。《大逃殺》中也有這樣的設定，但觀看那部電影的時候，裕太還沒有女朋友，也沒有喜歡的人。他老實地回答「不知道」。

「我無法想像要殺了川瀨。可是，如果真的演變成那種情況，結果又會怎麼樣呢……或許我也會有強烈的求生意志，就算殺人也想活下去……」

「小野寺真老實。如果是我，會說我做不到，但真到危急時刻就翻臉。」

「這麼說的川瀨也很老實啊。」

裕太看向由紀，她露出苦笑。裕太不禁心想如果這是遊樂園的遊戲設施，那該有多麼幸福。

「我想即使我們要在這間房裡競爭，也不會是單純的廝殺。恐怕要透過使用電腦進行某種遊戲，然後輸了的人就會死，只有贏的人會活下來。」

「還不確定只有一個人會活下來喔，一切還是未知數。」

裕太用自己也不敢相信的堅定語氣說。

「是啊。」由紀點點頭。「也有可能兩個人都被殺掉呢。」

聞言，裕太一句話也答不上來。

丸山和美奈子看著電腦螢幕，悄聲交頭接耳。

「就算有什麼危險，在那兩個人之後搜尋的話，也不需要擔心。」

美奈子輕輕頷首。

丸山在搜尋欄輸入自己的出生年「一九六〇年」，按下搜尋鍵。

Q版河童從畫面左上角游泳出現。

不可以和他人做一樣的搜尋喔。尋找自我之旅是人人各不相同。

搜尋失~敗~那麼，敬請期待處罰……

Q版河童游著消失在畫面的右下角。

「處罰……」

丸山說著放開滑鼠，後退兩三步。

一旁的美奈子也面露懼色。

看見兩人的模樣，裕太也察覺發生了非比尋常的事情。

「是處罰。」

由紀冷冷地說道，繃緊身子。

裕太總算明白，由紀為什麼那麼輕易就將滑鼠讓給了丸山。她是故意讓丸山做出錯誤的搜尋，測試處罰會是什麼。

在詭譎的靜謐中，不知何處響起了「嘰——」的金屬聲。就像牙科醫生在削牙時用的牙鑽機的轉動聲。

「這個聲音是什麼？」

裕太仰起頭。是整面天花板變成了大型喇叭嗎……

彷彿要撕裂耳膜般的聲音越變越大。

「我的頭快裂開了……」

但能像平常一樣說話的時間，也只到這裡為止。

緊接著那個音量就變大到超過人類所能忍受的極限，試圖破壞五人的耳膜。

這就是處罰嗎……

裕太用兩手摀住耳朵，卻無法阻止聲音傳進來。

「嘰———」的機器聲鑽進大腦，讓人頭痛得甚至無法站立。他跪在地上抱著頭，但不論怎麼抵抗，就是逃離不了那個聲音，簡直像有人拿著鐵管在敲自己的頭。裕太的雙眼瞪大難以閉上，眼珠子彷彿隨時要蹦出來。

頭蓋骨發出了吱吱吱的聲音，大腦發出悲鳴。

「快停下來！」雖想這麼大叫，但才張開嘴巴，頭部就感覺快要爆炸，聲音也發不出來。

光是一次搜尋失敗，就要因為這個處罰而喪命嗎……

裕太的眼前化為一片空白。

那陣旋律在空氣中迴盪。

裕太張眼醒來。他剛才因為處罰昏過去了，但還活著，眼角餘光中可見抱著頭的由紀。裕太坐起身環顧四周，丸山、美奈子和疑似遊民的男子都已經醒了。

「啊啊啊啊……」

由紀張口發出聲音，確認耳膜有無損傷。

裕太也仿效她「啊啊……」地發聲，確認耳朵的情況。

裕太仰頭看向上方，聲音應該是從天花板傳來的。整個房間就像是喇叭嗎……

他再看向氧氣槽的計時器。

9小時56分鐘

「你聽得到我的聲音嗎？」由紀按著太陽穴問。

「可以。」

「看來處罰是連帶責任制呢。」

由紀說得若無其事。

裕太覺得她有些可怕。剛才的處罰，可以說是由紀對丸山設下的陷阱。她大概沒料到所有人都要接受處罰吧。她大可為此感到內疚，卻一點歉疚的神色也沒有。

忽然間裕太想起了朋友們對由紀的評語。冷靜又冷酷的女人，綽號是——

冰山美人。她果然有著冷酷的另一面。

如果這個遊戲的規則真如《大逃殺》一樣，只有最後一人能獲救，裕太覺得自己絕對贏不了由紀。

丸山和美奈子大概是受到處罰後學乖了，坐在地上悶不吭聲。

遊民男變成盤腿坐在地上。或許是不想讓人看見他的臉，所以用手摀著臉龐。

「妳設了陷阱嗎？」

裕太壓低音量問由紀。

「我只是沒有阻止那個男人搜尋而已。竟然以為同樣的搜尋可以成功，想法太天真了。」

由紀對丸山他們毫不留情。

「不說這個了，你對剛才的聲音有什麼看法？」

「嗯、嗯……就像在接受拷問一樣。」

「聲音明明那麼大，耳膜卻沒有破，不覺得很奇怪嗎？」

「光是我們還活著，就很教人不可置信了。」

「那簡直像是拷問兵器。那種聲音光靠個人根本弄不出來。」

「妳的意思是？」

「把我們關在這裡的兇手，說不定是比預想中還龐大的組織。」

由紀如此分析，但想像力豐富的裕太另有見解。

「把我們關在這裡的，該不會其實是外星人……」

間隔了一會兒時間之後——

「謝謝你。要是在一般情況下，這個笑話會讓我哈哈大笑喔。」

由紀眉頭動也不動地說。

「我並不是在說笑話……」

由紀似乎沒有聽見裕太說的話。

她輕輕地上下聳起肩膀，大幅扭動脖子，舒緩僵硬的身體，最後用力吐一口氣，再度面向電腦。螢幕已變回搜尋頁面。

由紀想在搜尋畫面輸入「東埼大學」，卻打不出字來。

「原來是這樣……」

「怎麼了？」

「看來系統設計成搜尋成功的人，不能再次搜尋。」

「這樣啊……」

由紀示意自己想在搜尋畫面上打字，電腦卻一點反應也沒有。

「真的耶。」

由紀移動滑鼠。雖無法搜尋，但能使用滑鼠。

「真奇怪，但我可以用滑鼠。」

由紀點下「我的最愛」。

出乎意料的事情發生了。

「我的最愛」下拉式選單顯示在螢幕上，這裡是保存想再度造訪的網頁的地方。

「打開了。」

「其他選單呢？」

裕太一說，由紀點下其他選單，但「我的最愛」以外的選單都打不開。

由紀側過頭，再度點下「我的最愛」。

下拉式選單出現，而且上頭還保存了一個網址。

標題是「夥伴」。

是兇手他們互相聯繫時使用的網址嗎？還是完全無關的網址？

裕太和由紀瞪著螢幕。

「有什麼發現嗎？」

美奈子開口向他們攀談，不是至今那種帶刺的語氣，而是開朗到顯得突兀的話聲。是看見丸山的醜態後死了心，打算站到由紀和裕太這一邊吧。

「好像可以使用『我的最愛』。」

由紀不耐煩地回答。

裕太偷瞄由紀。她給人的感覺就是連和美奈子呼吸相同的空氣都會不耐煩，但也無法因此冷漠以對。

因為處罰是連帶責任制。

要是美奈子打了奇怪的關鍵字搜尋，那個聲音又會再度響起。不，處罰不見得會一樣，下一次說不定是更可怕的機關。一思及此，就算再怎麼討厭也無法忽視她。

由紀點下「夥伴」的網址。

畫面切換，出現了無數行文字。

一瞬間，他們沒有看出那是什麼網頁。

「啊！」

最先察覺的是裕太。緊接著由紀也很快意會過來。

「聊天室！」

聊天室是網路上可以即時互相留下訊息，也就是「聊天」的地方。若能使用聊天室，比起郵件，更能準確地向外界傳達他們目前的處境。

「這下子就能求救了！」

裕太大喊，但身旁的由紀一臉擔憂。

「怎麼了嗎？」

「我不認為打造出這種房間的人，會出現這麼輕易的失誤。」

「這麼說也是啦……」

「這個……是哪裡的聊天室？總不會是交友網站類的聊天室吧？」美奈子問。

「希望是正派的聊天室呢。」

說完之後，由紀看起螢幕上的文字。裕太也讀起聊天室裡的留言。他有種不祥的預感。

1號房間：你們搜尋失敗幾次了？

5號房間：三次，還沒有成功過。

2號房間：處罰呢？

5號房間：簡直是地獄。

1號房間：所有人都還活著吧？

5號房間：還活著，但我們實在沒有自信能活到最後。
1號房間：別說這種話。大家都在一起，絕對能逃出去。
5號房間：真的嗎？
1號房間：只要大家同心協力，就有可能逃出去。

「這難不成是……」
由紀急忙捲動頁面，回到最早的留言紀錄。
「原來夥伴指的是這麼一回事。」
由紀最先看完了留言，用分不清是心死還是憤怒的聲音說。
裕太也看起聊天室裡的第一則留言。

1號房間：如果有人看到這個網頁，拜託你們寫下留言。我們被某個人關起來了，這不是惡作劇。你們可能無法相信，但我們被關在沒有門的房間裡。如果有人看到這則留言，請你們報警，然後寫下留言回覆我們。我的名字是佐藤清，早稻田大學政治經濟學系三年級生。這不是惡作劇，拜託誰來救救我們。
1號房間：SOS！救命啊，如果有人看到留言請回答我們。我們被人關起來了，這不是惡作劇。拜託，寫點留言回覆我們吧。

1號房間：沒有人看到這個網頁嗎？我的名字是佐藤清，還有我的朋友新山晉吾和高野浩之，都是早稻田大學的學生。只要調查一下，就能知道這不是惡作劇。除了我們以外，還有兩個人被關在這裡，希望有人能救救我們。如果有人看到這個網頁，拜託回答我們，也請通知警察！

2號房間：騙人的吧！其實我們也被關起來了。

1號房間：別開玩笑了，我們是真的被關起來。

2號房間：你們大概不敢相信，但我們也一樣，而且這個暱稱不是我們自己取的。電腦的系統被人動過手腳，雖然能上網搜尋，但無法發送郵件。不知道為什麼，只有這個網頁放在我的最愛裡。

1號房間：完全一模一樣。怎麼會這樣？竟然還有其他人也和我們一樣。能說明一下你們那邊的狀況嗎？

2號房間：我們這裡有五個人，被關在沒有門也沒有窗戶的房間裡。氧氣槽剩下十二小時，不對，只剩下不到十小時又三十分鐘的量了。

1號房間：有遇到奇怪的謎題嗎？

2號房間：有，題目是「你是誰～？」。

1號房間：一樣。

看完那些留言，裕太心灰意冷。不需要任何人說明，看了那些留言，就可以清楚理解到發生了什麼事。

「也就是說，還有三組人和我們一樣被關了起來。」

「不對，全部至少有五組。」由紀說。

「為什麼？」

「你看房間號碼。」

「對喔！有5號房間這個暱稱，所以起碼有五個房間。」

暱稱是網路上的綽號。在網路上交換訊息時，不曉得會有誰看到，因此多是匿名與人溝通，這種時候就會使用暱稱。一般都是操作的人自行想好暱稱，但在這裡是早有人決定好。

「這裡是3號房間吧。」

由紀指向牆上的噴漆文字「第3號房間」說。

「我們也寫點留言比較好吧？」裕太問。

「再多看一點聊天室的內容吧。」由紀變得小心謹慎。

裕太也依言看起1號房間和2號房間的聊天內容。

1號房間：能說說你們那邊被關起來的有哪些人嗎？

2號房間：我是小型旅行社的社長，其他還有兩個從事自由業的男性，和兩個就讀專門學校的女生。

1號房間：我們這間房裡有三個早稻田大學的學生，還有一名上班族，和一名自由業的女性。

由紀看完，便捲動頁面。

中途起5號房間也加入聊天。每個房間的構造似乎和這裡一樣，都是五個人被關起來，每個房間也都收到了同樣的謎題。

「我真的開始覺得這是外星人的實驗了呢。」由紀說。

「你們要看到什麼時候？」美奈子語氣焦急地問。

「怎麼辦？」

由紀向裕太徵詢意見。看似總是冷靜行動的由紀，其實也是一邊煩惱著一邊操作電腦。

「嗯、嗯……」

裕太又顯得舉棋不定。見裕太如此不可靠，由紀聳一聳肩。

「我發送訊息囉。」

說完，她開始敲打鍵盤。

3號房間：3號房間報到，已經看完所有留言了。我們也是相同的情況。
1號房間：真慢呢，才在想你們差不多該出現了。
2號房間：難不成你們遭受過處罰了？
3號房間：是的。
2號房間：我們好像都是夥伴呢。
1號房間：登記的標題就是「夥伴」嘛。
2號房間：為了得救，我們必須同心協力。
5號房間：3號房間的處罰是什麼？
3號房間：我們聽到了幾乎要讓頭部裂開的可怕聲音。
5號房間：和我們不一樣呢。
3號房間：你們是什麼？
5號房間：我們是毒。
1號房間：毒？什麼毒？
5號房間：搜尋失敗以後，肚子裡就傳來某種東西蹦開的聲音。緊接著肚子就很痛，覺得想吐，就像食物中毒一樣。
2號房間：1號房間受到了什麼處罰？
1號房間：我們還沒有搜尋過。調查有沒有辦法能逃出去時，就發現了聊天室。

2號房間：我們的處罰和3號房間一樣。
1號房間：搜尋呢？有成功嗎？

裕太等人的目光全牢牢地盯在螢幕上。
「終於進入正題了。」丸山低聲說。
四個人全屏氣凝神，等著2號房間的回答。

2號房間：成功了。
1號房間：你們搜尋了什麼？請告訴我們內容。
2號房間：我們用出生年去搜尋，是用一九七〇年。
3號房間：一樣。我們這邊是用一九八七年。
1號房間：那我們也試試看吧。
2號房間：5號房間也提供一點參考消息吧。
1號房間：只要搜尋年就好？不用輸入月日嗎？
3號房間：年就好了。不過，同樣的搜尋好像不能重複查兩次。
1號房間：謝謝你們，我們試試看。可以找到聊天的同伴，真是太開心了，讓人覺得勇氣倍增。

由紀將視線離開螢幕，按著眼角。大概是眼睛很疲勞吧。

「妳沒事吧？」裕太問。

「你有補充維他命的眼藥水嗎？」她故意提出無理要求。

「我身上沒有任何東西。」

「我想也是呢。」由紀顯得心浮氣躁。

無可奈何之下，裕太只好別開目光，環顧整個房間。動不動就情緒激動的美奈子、看起來不怎麼了解如何操作電腦的丸山、意圖自殺的男人……必須和這些成員一同參加賭上性命的遊戲，由紀會有什麼想法呢？發現自己這麼倒楣，她也許很想詛咒神明吧……

好一會兒都沒有出現新留言。

1號房間和5號房間正用出生年在搜尋吧。

「對了，只有一個房間沒有加入聊天室。」

裕太說了自己一直很在意的事。

「你是指4號房間吧。」

「他們沒有注意到聊天室嗎？」

「可能是注意到了，但沒有發送訊息。」

「他們正在觀察其他房間的動靜。」

丸山加入對話。

「那樣做也許最明智吧。」

螢幕上頭出現了新留言。

「1號房間有新留言。」

裕太一說，所有人的目光都投向螢幕。

1號房間：2號房間、3號房間，謝謝你們提供的消息。我們搜尋成功了，我的數字是2。

5號房間：我們也成功了。但是，我們不想說出得到的數字。

2號房間：是啊，不需要一切都坦白說出來。可是，別再說謊了！5號房間隱瞞了一些事情吧？

1號房間：我們也發現了。5號房間是第二次搜尋成功吧？

5號房間沒有回應。

為什麼1號房間和2號房間會說5號房間在撒謊？

裕太動腦尋思。

是聊天期間，發現了什麼可疑的地方嗎……

「難道……」由紀開口說。「如果所有房間的規則都一樣，那麼5號房間已經成功搜尋過一次了。」

「妳怎麼知道？」丸山問。

「5號房間說過他們遭受到處罰吧？你想想看，我們遭到處罰是在第二次搜尋失敗的時候。」

「所以那又怎樣？」

問到這裡，由紀開始為丸山和美奈子的理解力之差煩躁起來。

「小野寺應該知道吧？」

「不，這個……」裕太抓抓頭。

「就是河童啊。」

河童……由紀出人意表的一句話，在裕太腦海中飛快打轉。

「啊！」

思緒突然串連在一起。第一次搜尋過後，出現在螢幕上的河童。

「什麼啊？」

美奈子又問。一旁丸山盤著手臂，神色凝重地站在原地。

螢幕上出現2號房間的訊息。

2號房間：不聯絡我們是你們的自由，但我們最好互助合作。希望你們能說出搜尋成功的關鍵字。

但5號房間還是沒有回應。

「喂，你們說河童是什麼意思？」

拗不過美奈子的糾纏不休，由紀為她說明。

「第一次的搜尋是特別優待，不會落空，一定會讓我們成功，第二次搜尋失敗的話才會有處罰。5號房間說過他們遭受了處罰，也就是說第一次的搜尋成功了，是第二次以後才失敗。」

「不曉得正確的關鍵字是什麼？」

沒有人回答裕太的問題。

「但要是知道的話，就不用這麼煩惱了吧……」

1號房間：看來是我們太老實了。可是，我們無法責怪5號房間。該怪的，是把我們關在這裡的人，我們不恨其他人。

1號房間說得沒錯。真正的敵人不在他們之中，而是在外頭。為此，他們必須平安離開這裡。或許只能靠他們自己找到關鍵字了。

5號房間：我們第一次搜尋是用名字，成功了。

「名字！」

由紀忍不住拉高了聲音。多麼簡單的答案。謎題是：「你是誰～？」一般人最先想到的答案或許都是名字。

由紀敲打鍵盤。

3號房間：5號房間，謝謝你們。我們會搜尋看看。

由紀火速從聊天室跳回搜尋頁面。

「換我吧。」裕太站到電腦前頭。

「欸。」

裕太回頭，美奈子神色不安地看著他。

「可以相信他們嗎？」

「不曉得……但是，總比像無頭蒼蠅一樣胡亂搜尋好吧。」

「我不想再遇到那種事情了喔。」

「我也不想受處罰啊。」

「那應該沒問題吧。」

說完，美奈子突然閉口不語。

裕太還以為美奈子終於就此打住，於是面向電腦。但是，美奈子會閉上嘴巴是有原因的。是有人指示她退下。

裕太正準備在搜尋欄裡打上名字時，某個沉重的東西倏地壓在肩上，隨即被人往後一拉。滾倒在地的裕太抬起頭，眼前站著丸山。

「用名字搜尋，是吧？」語畢，丸山轉向電腦。

「太卑鄙了！」由紀大喊。

「誰曉得在這間房裡會發生什麼事。我就搶先一步了，你們沒有怨言吧？」丸山用駭人的聲音出言恐嚇。

丸山不單是身材微胖，還有著寬闊的肩膀、隆起的胸肌，再加上粗得像圓木般的手臂……

就算由紀和裕太兩人聯手對付他，也沒有勝算吧。

「好啊，隨便你。」

裕太用死了心般的聲音說。他打從一開始就不想你爭我奪。若真與丸山打起來，肯定會有人受傷，況且也不能保證名字的搜尋百分之百會成功。

丸山轉身背對裕太，朝向電腦。

「你沒事吧？」

朝倒在地上的裕太伸出手的，不是由紀，而是美奈子。

「謝謝，但我沒事。」

裕太沒有握住她的手，自己起身。

「他是個軟弱的男人。」美奈子一臉過意不去地低喃。

「咦？」

「雖然愛逞強，但他其實是軟弱的男人。請你原諒他。」

美奈子的表情很溫柔。她稱不上漂亮，但此刻看來卻散發著些許魅力。

裕太還沒碰過女人，因此即使只有一瞬間，他也不敢相信自己竟覺得這個大他將近二十歲、神情疲憊還脫了妝的女人有魅力。

美奈子已經將目光投向丸山的背影。

裕太則手足無措地望著美奈子的身影。

丸山站在電腦前，在搜尋欄裡打上「丸山一彥」，按下搜尋鍵。
間隔了一點時間之後——
「成功了。」丸山受不了沉默地說。
螢幕上出現了哈哈大笑的Q版河童。

太好了，猜對了……才怪。你搜尋了理所當然的選項呢。
不過，不該是由你來搜尋。那麼，處罰時間到～

丸山的表情徹底凍結。
美奈子的臉也瞬間失去血色，明明無路可逃，還是往後倒退。
「搜尋失敗了。」
由紀告訴裕太。
沉默降臨。
「砰！」像是拔掉香檳瓶蓋的聲音傳進耳中。
「這是什麼聲音？」
裕太的額頭冒出冷汗。那個聲音不是來自外頭，而是從體內傳來。有什麼東西在體內爆炸了。裕太用右手按住腹部。

「這是什麼！」

右手掌底下有什麼東西在動。

「怎麼回事？這是什麼？」

他緩緩拿開右手。隔著襯衫，也能看出有東西在腹部裡頭移動。

有某種東西在體內蠕動。

難、難不成真的是……

這簡直就像科幻電影《異形》的第一集一樣！

有幕場景是異形在大副凱恩的肚子裡下了蛋，但他毫不知情地在吃飯。凱恩突然發出痛苦的呻吟聲，然後在他肚子裡長大的幼蟲破胸而出。和那一幕相同的事情現在正在自己體內發生。

嘴巴開始分泌唾液。

肚子裡有什麼東西在咕嚕咕嚕地蠢動。

一股酸意從胃部湧上來，溢滿口腔。一吐出來，只見深綠色的液體灑在白色地板上，腐爛般的臭味充斥房內。腹部陣陣絞痛，讓人站也站不住。裕太跪在地上，甚至沒有力氣支撐上半身，難堪地滾倒在地。但液體依舊猛烈地從胃部翻湧而上，不只嘴巴，同時也從鼻孔溢出。液體灌滿鼻腔，無法呼吸，他忍著痛，把心一橫從鼻子用力噴氣。滴答滴答的聲響傳來，液體遭到排出，又能夠呼吸了。但是，腹部的劇痛和作嘔感還在。由紀他們怎麼樣了呢……但裕太完全沒有餘力關心其他人。

他無法克制地在地板上來回打滾。不論怎麼掙扎，痛苦都沒有緩和，身體不聽使喚地滾來滾去。用手一摸腹部，有什麼東西在動。

不、不行了，這次真的會死……才剛這麼想，痛苦就突然減輕。

得救了嗎？處罰結束了嗎？緊接著，裕太看見由紀的身影就在眼前。

由紀沒有遭到處罰嗎？她按著肚子，但看起來沒有非常痛苦。他用模糊的視線看向四周。

由紀、美奈子、丸山和年輕男子都顯得很痛苦的樣子。但是痛苦的程度好像不同。由紀與美奈子沒有痛到嘔吐的地步，但丸山和年輕男子都倒在地上痛苦打滾。

裕太看向氧氣槽的計時器。從腹部開始疼痛到現在，過了大約五分鐘嗎？不，說不定連一分鐘都不到……無論如何，他們都已經嘗夠苦頭了，處罰也該結束了吧……

裕太的腹痛告一段落，但並非結束了。體內的蟲子再次動了起來，似乎是在內臟裡頭移動。腹部的皮膚一會兒往上隆起，一會兒凹陷回去。

假使真的和《異形》第一集一樣……最後那東西會破胸而出。

就在意識開始模糊，整個人快要暈過去時，體內生物的動作緩和了下來。真是人間煉獄。看來是為了折磨他們，才讓痛楚時強時弱。裕太無法順利移動身體，倒在地上抽搐痙攣。

就在躺著的期間，腹部的痛楚突然消失。是處罰結束了嗎……

裕太再三察看自己的腹部，來回撫摸。剛才為止還覺得存在的生物已經消失無蹤，是移動到了背部、下半身或者頭部嗎？簡直就像煙霧一樣不留痕跡。

彷彿剎那間作了惡夢，但地板上的骯髒液體和惡臭又訴說著這是現實。

不再感到疼痛後，裕太向由紀說了有蟲在肚子裡爬行，讓他痛得無法忍受的事。但是，她卻說這只是單純的肚子痛。

「你是痛到看見幻覺了吧？」

「可是……」

「他們可能讓我們吃了有毒的膠囊，一旦搜尋失敗，就從外面發送訊號，讓膠囊破裂。不過，這只是可能性之一就是了。」

「是嗎？」

「說不定是劇烈的毒素，讓你一時之間看見了幻覺。」

「那是幻覺嗎……」

裕太覺得不敢置信。但是，由紀說得也有道理。假使真的是蟲，就表示那東西現在還在體內。那麼可怕的生物若潛伏在身體裡，一定會感到疼痛或不適。既然沒有，推論為幻覺是比較合理。

裕太硬是讓自己這麼想，否則很難保持冷靜。

「川瀨不怎麼感到痛嗎？」
「嗯，我和她好像都不怎麼痛。」
由紀看向美奈子。
「可能女性本來就比較耐痛吧。畢竟我們能生孩子……」
「喔……男性比較不耐痛嗎？」
「不然也可能是兇手對女性手下留情，毒素的量比較少。」
「不過，這個臭味真教人受不了。」
「沒辦法，雖然很臭，但只能忍耐吧。」
由紀說完，面向電腦。
幸好空調設備似乎開著，臭氣並未一直積在房內。
裕太看向氧氣槽的計時器。
9小時12分鐘
謎題的截止時間是圓筒氧氣存量耗盡的一個小時前，換言之還剩八小時再十二分鐘。搜尋成功了一次，失敗兩次，必須讓四個人在剩下的七次搜尋裡成功才行。
「為什麼那個搜尋會失敗？」
丸山也和裕太一樣揉著肚子嘀咕。
「只能揭開謎底了。」

由紀走到電腦前頭，再次打開「夥伴」的聊天室。多了幾行新留言。由紀先看向自己最後打的訊息。後來其他房間聊了什麼呢……

5號房間：我們第一次搜尋是用名字，成功了。
3號房間：5號房間，謝謝你們。我們會搜尋看看。

之後——

2號房間：3號房間，名字搜尋是錯誤的，不要試。

「我們太性急了呢。」
由紀自言自語地說完，繼續往下看留言。

5號房間：你是什麼意思？我們用名字搜尋成功了喔，沒有騙人。
2號房間：不可能。我們也用名字搜尋，但失敗了。
5號房間：不准說我們說謊！我們可是好心才告訴你們喔！

2號房間：我們不是這個意思。3號房間，快點回覆留言吧，我們很擔心。
5號房間：不需要擔心，用名字搜尋一定會成功。
2號房間：我們不是懷疑你們。但我們搜尋名字後失敗了，遭到了處罰。
5號房間：會不會是你們名字打錯了？
2號房間：誰會打錯名字。3號房間要是有個萬一，全都是5號房間害的。
5號房間：別含血噴人。

2號房間和5號房間的唇槍舌戰不斷延燒，中途起1號房間介入調停。
看來其他三個房間的人都很擔心由紀他們。
「先告訴大家，說我們平安無事會比較好吧。」
「還有搜尋失敗了的事。」從後方看著螢幕的裕太說。
「要特別注意5號房間吧。」最不可信任的丸山這麼說道。
3號房間：我們沒事。不過，用名字搜尋失敗了。
2號房間：處罰沒事嗎？
3號房間：我們都平安。
5號房間：怎麼可能！我們用名字搜尋，明明就成功了。

3號房間：5號房間，我們並沒有懷疑你們。我想其中一定有什麼機關。

1號房間：說不定是每一個人都有既定的關鍵字。

「不該是由你來搜尋。」

由紀冷不防開口這麼說。

「什麼？」

「用名字搜尋以後，出現在螢幕上的河童這麼說過。」

不該是由你來搜尋。

「意思是其他人就可以嗎……」

「小野寺，我猜你說得沒錯。」

由紀敲打起鍵盤。

3號房間：可能就是1號房間說的那樣，每個人都有對應的關鍵字。

2號房間：有可能。

1號房間：如果能告訴我們詳細的成員身分，也許能當作參考。

5號房間：我們有三個人是上班族，還有兩名女性是粉領族。

1號房間：能告訴我們用名字搜尋成功的人是誰嗎？

5號房間：是三浦慎太郎，二十八歲。

1號房間：2號房間、3號房間，這個名字和你們有什麼共通點嗎？我們目前沒有任何人有關。

2號房間：沒有。

「三浦慎太郎，有人認識嗎？」由紀問道，看向眾人。

裕太搖搖頭，丸山與美奈子也一樣。看似遊民的男子沒有在聽由紀說話，由紀也沒有將他放在心上。

3號房間：沒有。

1號房間：3號房間有哪些人？

3號房間：女大學生、電影專門學校學生、上班族、粉領族、年輕男子。

2號房間：年輕男子是？

3號房間：不清楚，是個想自殺的人。

1號房間：女大學生是哪一所大學？能告訴我們嗎？

裕太看向由紀，她臉上寫著「糟了」。因為她對丸山和美奈子撒謊，說自己是東京大學的學生，所以不能回答事實。非不得已之下，由紀回答是「東京大學」。

其他房間於是回道：「真聰明，就靠妳了。」

回了謊話的由紀愁眉苦臉。裕太十分擔心由紀的謊言會不會在日後造成嚴重問題。

接下來各個房間又聊了好一會兒，但都沒有出現重要資訊。

那段旋律又流瀉而出。看來這段旋律不是通知收到郵件的提示聲，而是報時音樂。氧氣存量剩下九小時，距離謎題的截止時間還有八小時。

發現聊天室，試圖與其他房間齊心協力找出謎題答案時，裕太還滿懷希望，現在卻覺得回到原點，腦海裡浮現「絕望」兩個字。假使事態發展到最糟糕的地步，裕太打從心底希望至少由紀能夠得救。

目前還有時間，但若就這樣動也不動，只是坐以待斃。他也想過聽天由命，試著輸入「小野寺裕太」搜尋看看，但成功機率非常低吧。

搜尋成功的名字是「三浦慎太郎」，「丸山一彥」這個名字卻搜尋失敗。其中有什麼理由嗎？還是說，只是每個人都有既定的對應關鍵字……？

所有人都安靜地思考著。

時間無意義地一分一秒流逝。

裕太忍受不了沉默，開始在房內轉來轉去。只是稍微活動身體，肌肉便能舒緩放鬆。但是，有人覺得裕太的行動很礙眼。

「可以不要一直走來走去嗎！」

美奈子朝他怒吼。她的大喊讓房內的氣氛瞬間緊繃。

「抱歉……」

「算了，沒關係……」

裕太無法動彈，呆站在原地。

「三浦慎太郎嗎……」

裕太嘟囔道，有個人對這個名字產生反應。疑似遊民的男子看向裕太。

「三浦慎太郎怎麼了嗎？」

遊民男用獨特的腔調問。

「你認識他嗎？」

「嗯……」

聞言，由紀和丸山都望向遊民男。

遊民男慌忙低下頭。

裕太正想向他搭話，由紀已一個箭步衝到男子跟前。

「你叫什麼名字？」

「我、我、我幹嘛說自己的名字。」

一被問名字，遊民男便慌了手腳。

「你認識三浦慎太郎嗎？」

「嗯，算吧，是從前的……」

「你們怎麼認識的？」由紀緊接著追問。

「什麼怎麼認識……」

遊民男似乎不想透露更多。

「你不想說的話也沒關係。但是，請說出你的名字。」

男人抬起頭，一臉不耐。

裕太覺得他的五官很眼熟，但想不起來在哪裡見過。

「我知道了，你不說也沒關係。但我希望你去搜尋。」

由紀的語氣就像是面對綁架犯的談判人員。

「我為什麼得去搜尋？」

男子的說話方式有些口音。大概是情緒激動起來，就露出了原本的口音。

「為了讓大家都能得救啊。只要你用名字去搜尋，也許能發現什麼線索。」

「可、可以不要管我嗎？」

裕太專心地聽著男人說話。這個口音是來自茨城、群馬、栃木那一帶嗎……

「用、用不著管我的死活。」

裕太聽過他的聲音。在哪裡聽過呢？裕太冷靜思索。不是朋友也不是認識的人，卻聽過他的聲音，就表示是在電影、電視、廣播上聽過……如果是名人，就是演員、運動選手、ＤＪ、藝人……

藝人，那種說話方式很像是搞笑藝人，有茨城腔的藝人……

「啊！」

裕太想起來遊民男是什麼人了。

「漫談忠治！」他不禁大叫。

遊民男混濁的雙眼狠狠瞪向裕太。

由紀、丸山和美奈子也聽過這個名字。

漫談忠治是約莫五年前曾出現在電視上的搞笑藝人，用茨城腔說些丟臉的經驗以逗人發笑。只有一段時期大紅大紫，但搞笑風潮過去後，遂從螢光幕上消失。從前的特徵是整齊的蘑菇頭造型，不是現在這頭亂糟糟的蓬鬆亂髮。不過，這個男人的確是「漫談忠治」。

「漫談忠治就是用茨城腔搞笑說『我不管做什麼都不行呢～』的那個諧星吧？」

美奈子語帶譏諷地說，走到忠治面前。

忠治拚命將臉藏起來。

「像你這樣的藝人，就是所謂的過氣藝人吧。」

「吵、吵死了。不、不要管我！」

茨城腔聽起來沒什麼魄力，但忠治似乎在生氣。

「你真的是漫畫忠治嗎？」由紀問。

「是漫談！」

由紀好像不熟悉影藝方面的資訊。

「就是他沒錯。」

裕太出言解圍。

「漫談先生，拜託你，請你去搜尋吧。」

即使知道了遊民男是什麼人，由紀的談判態度還是不變。

在眾人的注視下，忠治往下低垂著頭。

「莫非三浦慎太郎也是藝人？」

聽到裕太發問，忠治抬起頭來。那張臉和裕太認識的藝人「漫談忠治」根本判若兩人。他比起當紅時期瘦了很多，不，說是憔悴許多比較正確。更讓人在意的是他的表情，感覺很卑微，神色也變得很兇惡。

「三浦慎太郎嗎？真懷念。」

忠治說完，將左右手舉到臉部兩側比出八字，再用手做出波浪形狀往外移動，滑稽地說：「慎太郎～」

「啊！」

裕太發現那和漫談忠治一樣，是短暫一段時間大受歡迎的胖子藝人——「慎太郎」的搞笑段子。

「那麼，三浦慎太郎就是那個胖胖的慎太郎？」

忠治面無表情地頷首。

「錯不了，你的關鍵字就是名字。」

由紀將手放在忠治肩上。

忠治不由得看向由紀，由紀露出媚惑人心的笑容。她平常個性很男孩子氣，言行舉止豪邁俐落，但只要她願意，也能散發出勝過一般常人的女性魅力。

「救救我吧。」由紀眼眶含淚地說。

「不會有處罰吧？」

本想自殺的忠治似乎也怕處罰。

「不會有的。」由紀溫柔點頭。

也許是相信了她，忠治緩緩起身，走向電腦。

裕太等人屏著氣息注視他們。

「這是什麼？」
忠治看見電腦螢幕上有自己的大頭照，詢問身旁的由紀。
「好像是睡著期間被偷拍的。」
「我的臉還真蠢。」
「我的照片已經不見了，但也照得很醜喔。」
原本有著由紀照片的地方，現在變成了數字「5」。
「我該怎麼做？」
「在搜尋欄裡輸入自己的名字，再按下搜尋鍵就可以了。」
「本名嗎？還是藝名？」
由紀思考了一會兒，不想因為簡單的失誤就浪費掉搜尋機會。
「5號房間的留言是寫『三浦慎太郎』，不是藝名吧。」
裕太提出建議。聞言，由紀便說：「打本名吧。」
忠治動作笨拙地敲打鍵盤，輸入「和田忠治」，按下搜尋鍵。
所有人都屏住呼吸地等待著。
剎那間，詭異的靜謐籠罩整個房間。
螢幕上沒有出現搜尋結果也沒有出現河童，但忠治的大頭照消失，變成了「W.C.」兩個英文字母。

對這出奇平淡的結果，所有人都面面相覷。

「怎麼回事？」由紀咕噥，並非特別在問誰。

忠治也一臉不明所以地問：「這樣就結束了嗎？」

「好像是……」由紀也答得模稜兩可。

「既然沒有處罰，就是成功了吧。」察覺到由紀的猶疑，裕太說。

「W.C.是什麼意思呢？」美奈子問。

「應該不是廁所吧。」

眾人無視裕太的發言，房內悄然無聲。

「是某種縮寫嗎？」

由紀一說，裕太也思考起W.C.的涵義。World Cup、White Christmas、Wedding Cake、Wine Color、White Color、年輕的熱情、不好的治安[2]……

「W會不會和What、Who、When、Where一樣，具有疑問的意思呢？」

「啊！」

裕太想起了電影學校劇本課上學過的五個W。

「怎麼了？」

「我在劇本課上學過，為了讓故事具有趣味性，需要有五個W。Who，有誰；When，什麼時候；Where，在哪裡；What，做什麼；Why，為什麼。完成一篇故事需要有這五個要素。」

「這裡的五個人跟五個W，也許有某種關聯。」

「W.C.是我的縮寫喔。」漫談忠治說了所有人都意想不到的話。

眾人恍然大悟。

單純到反而沒有發現。如果「和田忠治」是「W.C.」，一般都會發覺是縮寫。

其餘四人臉上忍不住浮現笑意。

「但如果是名字縮寫，應該是C.W.吧？」美奈子說。

的確，一般都是依名字．姓氏的順序縮寫，和田忠治應該是C.W.……

「不論如何，我們還是不曉得這是什麼意思呢。」

由紀是「5」，忠治是「W.C.」。

等集齊了五個關鍵字，就會變成有意義的文字嗎……

這時，從某處傳來了像是通知電梯到達的簡短旋律。

「這是什麼？」

「這個聲音是不是收到郵件的提示聲？」

由紀將視窗切換到郵件軟體。

「收件匣」有一封新郵件。

2 最後兩者的日文發音縮寫也都是W.C.。

「有人寄信來。」

不用看寄件者，也能猜到是誰寄來的郵件。知道這個郵件地址的，就只有把裕太一行人關起來的人。

由紀打開收件匣。

寄件者：管理員
主旨：半路經過

裕太猜對了。寄件者管理員，就是將裕太他們關在這裡的人。

「他到底想幹嘛！」

由紀氣憤地說，點開郵件。

各位都在努力解謎嗎？
請放輕鬆好好享受吧。因為等氧氣沒了，只有死亡等著你們。
不論是誰，總有一天都會死去。
沒錯，人從出生起就注定會死。

但也不能因此就不珍惜生命喔，絕對不可以自殺。

既然已經誕生到這世上，就要全力以赴過日子。

這就是我想告訴各位的。

那麼，加油吧！

由紀默不作聲地關掉郵件軟體視窗。

「關掉沒關係嗎？」

「這封郵件才沒有什麼深層涵義，只是在調侃我們。」

「說得也是……」

將裕太一行人關在這間房裡的兇手，真是個討人厭到極致的傢伙。

「要把這個搜尋項目告訴其他房間嗎？」

美奈子壓低音量問。所有人互相對望。

「重點在於真的能相信其他房間嗎……」

聽丸山的語氣，似乎反對告知其他房間。

「但也是多虧了5號房間提供的消息，我們才能搜尋成功，還是告訴大家比較好吧？」

「太天真了，5號房間只有告訴我們三浦慎太郎這個名字。如果他們真的想幫助我們搜尋成功，應該再告訴我們三浦慎太郎是藝人吧？」

丸山說得沒錯，5號房間只提供了最低必要限度的資訊。

「那不告訴他們嗎？」

「川瀨覺得呢？」

裕太一問，其餘三人也望向由紀。

由紀思考了半晌後說：「我覺得告訴大家比較好。」

「為什麼？」

「要是放出假消息，被其他房間發現的話，所有房間都會開始隱瞞資訊。我們只剩下六次的搜尋機會，而且必須在這六次中讓三個人搜尋成功，所以必須仰賴其他房間的資訊。資訊交換的有無，會大大影響搜尋的成功機率。」

「妳說得沒錯啦……」

「要採多數決嗎？」

裕太一說，丸山便答道：「就照這位小姐說的去做吧。」

不知不覺間，由紀在五人中已變成形同領導人的存在。裕太不認為是東大生這個虛張聲勢的謊言產生了效果，但丸山和美奈子都沒有反對她的意見。

由紀打開聊天室，上頭沒有新留言。

3號房間：我們用名字搜尋成功了。

由紀打了這則留言後，有一段時間其他房間都沒有回應。是沒有打開聊天室嗎？過了一會兒後，1號房間終於傳來回覆。

1號房間：好厲害，你們是怎麼找到名字是關鍵字的人？

3號房間：5號房間以名字搜尋成功的「三浦慎太郎」先生，是那位藝人「慎太郎」。我們房裡也有位前藝人「漫談忠治」先生，本名「和田忠治」。

又過了一會兒時間，這次是2號房間寫下留言。

2號房間：藝人和前藝人嗎？我們這邊也問問看。

1號房間：我們這邊既沒有藝人也沒有前藝人喔。

2號房間：我們這邊也沒有，可惜。

3號房間：這項消息好像沒能幫上忙呢。

2號房間：不，我們會再找找看有沒有其他共通點。

1號房間：總之，謝謝你們提供的消息。

煩惱到最後，提供的消息似乎沒能幫到其他房間。

「你們覺得可以相信其他房間的留言嗎？」

由紀回頭詢問眾人。

「他們回覆之前，都空了一段時間呢。」

「可能是在煩惱該告訴我們消息，還是該隱瞞吧。」

「所以看起來最可信的是1號房間嗎？」

「也許他們最聰明。」美奈子插嘴說。

「什麼意思？」

「讓大家都信任他們，再從其他房間口中套出消息。」

「照妳這樣說，根本無法相信任何人。」

「老實的人會吃大虧喔。」

「這樣也沒關係。」由紀冷淡回道。

「為什麼？」美奈子問。

這兩個人好像天生八字不合，意見老是相左。

「告訴他們這個搜尋結果，目的不只是告知資訊。」

「所以還有其他意義嗎？」

只有兩名女性說話的話，感覺會吵起來，裕太於是打岔。

「我是要讓他們知道，我們沒有隱瞞任何事情。採取謙遜的態度，讓他們知道我們很誠實，所以請他們也不要說謊，告訴我們資訊。」

「妳以為事情會那麼順利嗎……？」

美奈子冷聲說道。裕太也是一樣的想法。在這種狀況下，誰也不曉得會發生什麼事。會真如由紀所言，只要己方表現出謙遜的態度，其他房間就會提供資訊嗎？裕太心存懷疑。

裕太一行人聽了由紀的提議，決定稍事休息。

氧氣槽的時間顯示為8小時25分鐘，離謎題的截止時間還有七小時二十五分鐘。

美奈子和丸山像是在短短數小時內就耗盡體力，癱坐在地板上。

被人發現自己的真面目後，忠治似乎還是不想與他人接觸，蹲在房間角落。

裕太和由紀在看得見螢幕的位置坐下。

螢幕上開著聊天室的視窗，目前這幾分鐘都沒有新留言。

「是氧氣的力量嗎？」由紀忽然開口說。

「什麼？」

「明明置身在這種情況下，卻還能保持冷靜，可能是因為有純粹的氧氣供給。」

經她一說，起初六神無主的美奈子，現在也相當老實安靜。明明待在密閉的房間裡，裕太也不覺得不舒服。

「妳覺得解開謎題的話，我們就能獲救嗎？」裕太用不會被美奈子他們聽見的音量小聲問。

「在這之前，問題是我們解不解得開謎題。必須在剩下六次的搜尋裡讓三個人成功才行。」

「關於搜尋項目，妳有什麼頭緒嗎？」

「我很不擅長猜謎。」由紀說完，突然露出淘氣的笑容。「東京有，大阪沒有……」然後開始說起莫名其妙的話。

「春秋有，夏冬沒有；茶泡飯有，咖哩沒有。猜猜看是什麼～？」

「妳在說什麼？」

「謎語啊。」

「謎語？」

「要再說一次嗎？」

「妳剛才說東京有，大阪沒有；春秋有，夏冬沒有；茶泡飯有，咖哩沒有……」

「還有秋刀魚有，鯛魚沒有；早安有，晚安沒有。猜猜看是什麼？」

裕太做出思考的樣子，但這種情況下聽到謎題，他壓根想不出答案。

「你不知道嗎?你不是學電影?」
「跟電影有關嗎?」
「要投降嗎?」
「等一下……」
如果與電影相關，他可不能輸。但是，這種狀況下腦袋完全無法運轉。
「要我告訴你答案嗎?」
由紀就像孩子一樣興高采烈。
「秋刀魚有，鯛魚沒有吧……」
「就是……」
說到一半，由紀原本柔和的表情突然變得緊繃。
「有了!」她大喊。
「什麼?」
「其他房間有動靜了。」
裕太很想知道謎題的答案，但由紀早將這件事拋在腦後，走向電腦。
聊天室裡有新留言。
無可奈何之下，裕太也起身看向螢幕。

1號房間：剛才那幾分鐘我們想了很多，也得出了一個結論，準備告訴大家。但在那之前，如果大家有看到這則留言，請回覆我們。

2號房間：我們看到留言了。

由紀也寫下回覆。

3號房間：我們也看到留言了。

1號房間：5號房間呢？

5號房間沒有回應。

1號房間：嗯，算了。我們現在只搜尋過一次，而且成功了，還剩下九次可以搜尋。然後，我們打算抱著姑且一試的心態搜尋看看。

3號房間：確定能成功嗎？

1號房間：不確定，但透過目前為止的資訊，我們知道即使失敗，痛苦大概也只持續十分鐘左右。

2號房間：但那十分鐘就痛苦到快死了喔。

1號房間：只要知道會發生什麼事，我們認為再痛苦也得忍下去。
3號房間：坦白說，我們很感激。我們不想再浪費搜尋機會了。
1號房間：所以我們想請你們詳細地說明一下，你們是哪些搜尋失敗，又有哪些搜尋成功。我們打算當作參考，再嘗試搜尋。

由紀於是說明了丸山用出生年搜尋卻失敗，而且同樣的搜尋不能重複兩次，也遭受到了頭部像要裂開的魔音處罰等細節。

1號房間：看來很有可能搜尋項目五個人都不一樣。
2號房間：也有可能是兇手故意讓我們這麼以為，再設下陷阱。
1號房間：雙重陷阱嗎？
3號房間：我們也因為搜尋名字失敗過一次，當時的處罰是腹痛。痛苦程度似乎因人而異。
1號房間：3號房間，謝謝你們的資訊，我們會當作參考。
2號房間：1號房間，你們已經決定好要搜尋什麼項目了嗎？
1號房間：其實我們已經想好了。我們在想搜尋項目會不會就像履歷一樣。
3號房間：同感。

1號房間：像是學歷和工作經歷之類，很多項目我們都想試試看。你們那邊應該有公司職員吧？

3號房間：有。

1號房間：穿西裝嗎？

這則留言讓裕太有些在意。但由紀沒有放在心上，繼續回覆。

3號房間：穿西裝。

1號房間：2號房間呢？

2號房間：一樣。這點怎麼了嗎？

1號房間：這是選擇之一。如果所有人都沒有工作，就能排除工作經歷方面的搜尋。

裕太仍然很在意1號房間問的「穿西裝嗎？」這個問題。這不是在問工作經歷。按常理說，應該是問：「在哪裡工作？」「穿西裝嗎？」這個問題很奇怪。儘管覺得有些不對勁，但裕太還是不明白這個問題有什麼涵義。

1號房間：還有一個成功機率很高的選項。

2號房間：是什麼？

1號房間：出生地。

3號房間：有可能。

1號房間：有哪個房間用出生地搜尋過嗎？

3號房間：沒有。

2號房間：Ｎｏ．

1號房間：我們這間房裡有三個人出生於東京。此外，所有人的現居地址也都是東京。

2號房間：你們打算用東京作為關鍵字去搜尋嗎？

1號房間：對。話說回來，中途起就不在聊天室裡現身的5號房間，如果你們看到這則留言，也曾用出生地或「東京」搜尋過的話，請告訴我們結果。

5號房間沒有回覆。

「真是一群卑鄙的傢伙。」由紀語帶不屑地說。

1號房間：5號房間沒有回覆。沒辦法，我們準備稍後開始搜尋，會離開這裡一會兒，但請不要擔心。敬請期待我們的佳音。

由紀的視線一離開螢幕，裕太便問她：

「川瀨設想的就是這種情況吧？」

「我無意利用他們，但我認為只要等待，一定會有人採取行動。」

「如果搜尋出生地可以成功就好了……」

「有什麼動靜嗎？」

丸山探頭看向螢幕。由紀說明1號房間自願成為實驗對象，搜尋「東京」這個關鍵字。

「原來如此，關鍵字是『東京』嗎？」

「你的出生地是哪裡？」美奈子問裕太。

「札幌。」裕太冷淡地答道。

「那麼，以『東京』為關鍵字的好像是我呢。」

由紀問了丸山的出生地。

「我是新潟。現居地址為埼玉縣所澤，只有工作地點與東京有關。」

在尚未搜尋成功的剩餘三人中，看來是美奈子與「東京」最為相關。

由紀一行人等待著來自1號房間的訊息。

耳邊又傳來那段旋律。

計時器顯示著8小時00分鐘，距離謎題的截止時間還剩七小時。

所有人都心急如焚地等著1號房間的留言。

從最後一則留言到現在，已經過了五分鐘。

裕太思索著一次搜尋會花多少時間。從搜尋到知道結果，應該只要一分鐘。一思及此，五分鐘就顯得很漫長。他們搜尋失敗了嗎……

「他們失敗了嗎……」裕太承受不了沉默地說。

「還不知道，再等等吧……」

沉悶的時間繼續流逝。

1號房間的搜尋結果也會直接影響到這個房間。

裕太抱著近乎祈求的心情等著。
不久之後，1號房間寫下留言。

1號房間：向各位報告搜尋結果，我們成功了。

房內的氣氛瞬間緩和下來。
由紀安心地吐了口大氣，接著敲打鍵盤。

3號房間：太好了，我們很擔心呢。
1號房間：謝謝。這也是多虧了大家提供的消息，謝謝你們。
2號房間：1號房間，恭喜你們。我們也可以用「東京」搜尋吧？
1號房間：當然，我們就是為此才嘗試。
3號房間：我們也會用「東京」搜尋看看。

打完回覆，由紀在電腦前大大伸著懶腰。
「妳讓開。」
美奈子說著，走到由紀身旁。但由紀動也不動。

「接下來搜尋的人是我。妳的部分已經結束了吧？」

「不用著急，先等2號房間的回覆吧。」

美奈子一臉不敢苟同。

「怎麼了？」裕太開口調停。

「這是為了以防萬一。1號房間也有可能是在說謊，告訴我們搜尋成功了，好讓其他房間動手搜尋。」

「照妳這樣說，根本分不清哪些消息是真的吧？」美奈子提出異議。

「所以我才在等2號房間的搜尋結果啊。等看到他們的留言再行動也不遲吧？」

「這個主意不錯。」

丸山對由紀的想法表示贊同。裕太當然也贊成她的看法，但說不上來為什麼，他更覺得由紀的深謀遠慮十分可怕。要是和她交往，絕對不可能劈腿。不，在那之前，能不能好好交往都是個問題……不對，在更之前的前提是得先平安逃離這裡，才有辦法做這些假設……

2號房間：我們搜尋成功了。1號房間，感謝你們英勇的行為和資訊。

2號房間寫下留言。

「看來是我以小人之心度君子之腹了。」

由紀說完，將電腦前面的位置讓給美奈子。

美奈子從聊天室的視窗切換到網頁，在搜尋欄裡打上「東京」。

裕太望著螢幕，思索接下來的事情。這下子美奈子的搜尋就結束了，只剩下自己和丸山兩個人。只要在五次搜尋內找到兩人的答案就好了，前方彷彿可以看見希望的光芒。

「這下子我就能脫離這個遊戲了。」

美奈子說完，按下搜尋鍵。

忠治以外的四個人都緊盯著螢幕瞧。

明知會成功，但搜尋結果還是教人膽顫心驚。

過了片刻，螢幕上出現河童。

「怎、怎麼會……」

看到這意料之外的答案，裕太發出了沒出息的怪叫聲。

嗚哇～好久沒出場了呢。不過，我的台詞很短。失敗～處罰時間到。

失敗……處罰……

四個人駭然失色。待在房間角落的忠治似乎也透過眾人的模樣，察覺到搜尋失敗了。

「處罰要開始了……」

裕太來回張望四周，下一秒出現了不可置信的光景。不知從何處發出了雷射光，地板都燒焦了。

「發、發生什麼事了！」

裕太仰頭看向天花板。黑點亮起了光芒，再度發出雷射光。忠治這時人就位在黑點的正下方。

「危險！」

裕太大喊，但為時已晚。兇猛的雷射光貫穿了忠治的右腳。

「嗚哇啊！」

忠治的慘叫聲響徹房間。

「這是什麼……」

裕太愕然無語，但現在必須集中注意力。他感覺到頭頂上方有什麼在發光，立即跳開原地。駭人的光束掠過裕太的鞋子，融化了底部的橡膠。

這和至今的處罰不一樣，要是被正面擊中，必死無疑。

「看著天花板，天花板發光的話就快離開原地！」裕太大喊。

但是被射穿了腳的忠治無法動彈，在原地痛苦掙扎。

從天花板射下的雷射光起初是一次兩、三道，但數量隨即漸次增加，簡直就像雷射光浴一樣照在裕太他們身上。

「不要啊！」

聽到女性的慘叫，裕太扭過頭去，便見美奈子按著右臂倒在地上。

他很想幫她，但眼下沒有任何地方是安全的。

丸山像隻蟲子一樣在地板上爬行閃避，卻見天花板亮起光芒。

「嗚哇啊！」丸山大聲慘叫。

裕太一回頭，發現腹部流著鮮血的丸山躺在地上扭動。暗紅色的鮮血在地板上擴散開來。

丸山的身體在抽搐痙攣，但他還是用手按著受傷的腹部，多少試著止血。再這樣下去，所有人都會被殺死，卻又根本無處可逃。

「川瀨呢？」

裕太左右張望，沒有看見她的蹤影。總不可能從密室裡消失吧……裕太一邊留意著天花板，一邊環顧房內，發現桌子下方有道人影。是由紀。

她就像地震避難時一樣，縮著身體躲在電腦桌底下。

「太好了。」裕太不由得脫口而出。

桌子底下的由紀嘴巴一張一合，試圖告訴裕太什麼，但他看不懂。

「待在這裡很安全。」由紀指著天花板說。

裕太舉目看向天花板，電腦和氧氣槽上方沒有黑點。

「那下面不會有雷射光嗎……」

裕太正打算移動到氧氣槽旁，卻停下腳步。丸山的呻吟聲讓他猶豫了。

美奈子發覺電腦和氧氣槽旁邊很安全，便躲到氧氣槽旁避難。

誰也沒有餘力救丸山。

電腦桌底下和氧氣槽周邊看起來勉強有足以供五人避難的空間，要是事先知道，馬上過去避難的話，這個處罰其實一點也不可怕。

將裕太一行人關在這裡的兇手是連這點也計算過了，才打造出這個房間嗎……

裕太頭頂上方有亮光一閃，他急忙離開原地。雷射光貫穿地板。

「糟了！」

裕太遠離了丸山倒地的位置。

忠治也拖著腳躲到氧氣槽旁邊，只剩下裕太和丸山。

「快點過來！」

由紀的喊聲在房內迴盪。

裕太正想避難時，「救命啊……」丸山的呻吟聲鑽入耳中。

「該死！」他用最快速度跑向丸山。

雷射光從天花板照射下來。

「危險！」

由紀發出悲鳴。

裕太就像美式橄欖球選手一樣翻滾身體，閃過雷射光，然後攙扶起倒地的丸山。

在由紀等人的注視下，裕太抱著丸山的身體向氧氣槽移動。

還剩五公尺、四公尺、三公尺……

「啊！」

離氧氣槽只剩下兩公尺時，裕太的腳底突然一滑，摔倒在地。這種地方會有什麼東西……原來是第二次處罰時裕太吐出的穢物。

頭頂上方的天花板亮起光芒。

「完了！」

下一秒，左肩傳來劇痛。低頭一看，只見襯衫上出現了像是中槍的圓孔，而且還冒著煙。濃稠的鮮血立即滲了出來，裕太的左臂抖動抽搐。

丸山拋下裕太，連滾帶爬地逃到氧氣槽旁邊。

只剩下裕太一人倒在危險的地方。

離桌子還有兩公尺，要是雷射光現在照下來的話……

「我動不了了，誰來幫我……」

裕太想要起身，但左肩被擊中後，身體因劇痛而麻得站不起來。

上方又出現亮光。就在裕太心想完蛋了的那一瞬間，他的身體突然往上浮起。有某個人在拉他。雷射光劃過裕太的側腹。只要再晚一秒，他的腹部就會被貫穿。

「別給人添麻煩。」

拉著裕太，救了他的人是由紀。

「抱歉。」

雷射光的處罰結束了，剛才是最後一波攻擊。

五個人費盡千辛萬苦總算活了下來。但是，丸山被擊中腹部身受重傷，裕太、忠治和美奈子也受到攻擊，所幸沒有生命危險，只有由紀毫髮無傷。

處罰持續了多久呢？五分鐘，或者只有三分鐘，裕太卻覺得那段時間如同永恆般漫長。那個處罰就是這麼可怕。目前為止的處罰只要忍耐十分鐘左右就結束了，但這個處罰就算十分鐘過去了，傷口也沒能癒合。裕太開始覺得一切都是無謂的抵抗。

「竟敢耍我們！」由紀怒氣沖沖地走向電腦。

「妳要做什麼？」

傷勢最輕的美奈子按著受傷的手臂，走到由紀身旁。

「怎麼能被騙了還不吭一聲。」

「妳要向其他房間抗議嗎？」
由紀瞪向這麼問的美奈子，勾起嘴角微笑。
「我要反擊回去。」
「反擊？」
裕太不明就裡地反問，但由紀沒有答腔。
電腦螢幕上跳出聊天室視窗。由紀沉默不語地輸入留言。
3號房間：剩下還沒搜尋成功的三個人全是東京出生，現在也住在東京，所以我們很煩惱要由誰搜尋。最後是由我搜尋，而且成功了。
「這是怎麼回事？」
看完由紀的留言，裕太用拉高的話聲問道。
「他們給的消息是假的。1號房間和2號房間是為了測試，故意讓我們搜尋『東京』。」
「這我知道，但妳這則留言的用意是什麼？」
「這次輪到我們了。如果我們說用『東京』搜尋成功的話，你覺得其他房間會怎麼做？」

「這個……」
用不著花時間想，也能得出答案。
「他們會用『東京』搜尋吧。」美奈子說。
「沒錯。」
「可是，他們不會認為這個房間的消息也是假的嗎？」
「也許吧。但是，也可能不會懷疑。」
「相信我們的機率很高呢。」
「為什麼？」
「看了聊天室的對話後，我在想其他房間的打字者恐怕都是男性。」
「那又怎麼了嗎？」
「男人與女人的思考不一樣。」
所謂薑是老的辣，在兩性方面上，美奈子的發言格外有說服力。
「相同情況下，如果是男人發現自己被騙，他們會火冒三丈立即抗議吧。像是說：『你們竟然騙我們！』絕對不會有反騙回去的念頭。」
「好像是這樣沒錯。」
「更何況，其他房間現在應該也都想盡辦法想活下去。我們被騙了，但不曉得是1號房間還是2號房間……」

也就是說，女人的撒謊技術更勝一籌嗎？

「那樣做真的好嗎？」

意想不到的人物開口說話了。是忠治。

「什麼？」

由紀一臉納悶地轉頭看向忠治。和她拜託忠治搜尋時相比，臉上的表情簡直可以說是判若兩人。

「就算這麼做，也只是大家互相欺騙而已吧？」

「是對方先設了陷阱讓我們往下跳，我只是反擊回去。」

「可是……」忠治臉龐朝下，嘟嘟囔囔地抗議。

「什麼啊，有話就說清楚！」

「就算那麼做，也沒辦法離開這裡啊。」

「你想離開這裡嗎？」

「咦？」

「你先前還對我們說，自己已經死了喔。」

「是沒有錯……」

「你該不會是兇手派來的間諜吧？」

美奈子難得地站在由紀那一邊。

「才不是。」

「感覺真可疑。」

「算了，我不說話了。」

在由紀和美奈子的攻勢下，忠治宣告投降。

裕太也不認為由紀做的是對的，但沒有說出口。

那段旋律再度響起。氧氣存量剩下七小時，離謎題的截止時間則剩六小時。

由紀站著動也不動，目不轉睛地瞪著電腦螢幕。

裕太坐在地板上，按著受傷的左肩。傷口現在已經不再出血，但痛楚沒有消退。美奈子和忠治的傷勢都沒有想像中嚴重，但丸山相當不樂觀，再不治療會有生命危險。

美奈子照顧著躺在地板上，樣子十分痛苦的丸山。即使找到謎題的正確答案，成功逃離這裡，丸山說不定也不會得救。

「太丟臉了……」丸山忍著痛說。

「你太遲鈍了啦。」

美奈子的聲音帶著哭腔，感覺得出對丸山的愛。

「都怪妳說要搭計程車回家，事情才會變成這樣。」

「你還在怪我呀？」
「我到死為止都會怪妳。不過，可能也只剩一點時間了……」
丸山自虐地說，硬是擠出笑容。
「你最好不要說話。」
「幫我叫救護車……」
「不可能的。」
美奈子神色哀悽地說。

有好一會兒，誰也沒有說話。
長長的沉默期間，只有丸山的痛苦呻吟聲在密室裡回響。
裕太瞄向由紀。她直立不動，定定盯著電腦螢幕瞧。
聊天室還是沒有動靜。
兇手做這種事情，到底有什麼樂趣可言？怒火從他的心底一湧而上。
坐在地板上的美奈子，忽然像人偶一樣搖搖晃晃地起身。
所有人都看向她。
「拜託你，停止這一切吧！」美奈子朝著天花板大喊。「都做到這種地步了，應該夠了吧？快點停止這一切吧！救命啊！放我們回去！」

美奈子朝著應該藏在某處的攝影機不停叫喊。

「我們什麼都願意做，放我們出去！」

什麼反應也沒有。

「求求你！」

誰也沒有阻止美奈子。她的吶喊，正是在場所有人的心聲。

縱使身處在這種情況下，人仍會在意他人的目光。照理說應該會想不計形象地大聲求助，卻因為在意他人的目光而不敢行動。被逼到這種絕境後，裕太才覺得聽見了自己心底真正的聲音。

「沒用的。」由紀冷冷地說。

「求求你，救救我們！再這樣下去他會死的！」

美奈子彷彿沒有聽見由紀說的話，繼續吶喊，一直喊到嗓子都啞了。

「救命啊！救命啊！救命啊！救命啊！救命啊！」

「夠了，別再說了。」

看不下去的丸山制止她。

「救命啊……」

美奈子癱坐在地。所有人都靜默不語，沉默再度降臨。

裕太本來還期待著也許會發生某些事情，但奇蹟並沒有出現。

「看來規則還是沒有改變呢。」

由紀的聲音聽來格外冰冷。

「丸山先生的傷勢很教人擔心，但搜尋失敗更是一大打擊喔。」

由紀的話讓他們回到了現實。

美奈子搜尋失敗後，只剩下五次搜尋機會。如果三個人沒有在五次內搜尋成功，他們將會在此喪命。如今也無法指望其他房間的協助了吧。

「聊天室也沒有動靜呢。」裕太看向螢幕說。

「是啊。」

「我們甚至還向必須攜手合作的對象撒了謊。」

帶有茨城口音的話聲傳來，是忠治。由紀沒有回答他。

剎那間，似乎從某處傳來了慘叫聲。

「你們剛才有聽到什麼嗎？」

裕太沒有特別針對誰地問，但沒有人應聲。由紀也偏過頭。

「是聽錯了嗎……」

胸口有股不祥的躁動。這陣心慌究竟是怎麼回事……

「如果什麼事也沒發生就好了……」

裕太喃喃自語。

6小時25分鐘

丸山的臉色慘白，呼吸也開始變得急促。

美奈子陪在他身邊，只是用槁木死灰般的眼神，凝視著瀕死的男人。那是守護戀人的眼神。

忠治與眾人保持著些許距離，坐在地板上。

由紀眼神直勾勾地瞪著螢幕，聊天室還沒有出現新留言。

裕太待在由紀身旁，覺得抑鬱的沉默就快將他壓垮。肩膀已經不再疼痛，但只要移動身體，就又有些隱隱作痛。

聊天室出現了新留言。

2號房間：之前我們說用「東京」搜尋成功是騙人的，因為想知道其他房間的結果，所以就說了謊。1號房間和3號房間也是吧？

由紀沉默地瞪著螢幕。

2號房間：我們用「東京」搜尋失敗了，然後遭到了處罰，一人因此喪命。

喪命。
裕太看著留言，背脊猛地發涼。
不久前感覺到的那陣心慌，就是因為這件事嗎……
「川瀨……」裕太不爭氣地喊道。
「不要動搖！就算這是事實，也是他們自作自受！」
由紀說完，走到電腦前面敲打鍵盤。

3號房間：什麼樣的處罰？
2號房間：雷射光。

「一樣。」裕太不由自主地抱著頭。
「發生什麼事了？」
忠治問，但由紀沒有應聲。
迫不得已之下，忠治站起身，察看聊天室的留言。
「這是……」
聽到忠治驚訝的聲音，丸山和美奈子也將目光投向電腦。

「2號房間有一個人死了。」
忠治多管閒事地告訴了丸山和美奈子。
「死、死了……」
美奈子的臉龐變得僵硬，丸山則露出萬念俱灰的表情。
「這都是妳害的吧？」忠治朝背對他的由紀說。
「跟我才沒有關係。」
「竟然還堅稱和妳沒有關係……」
話說到一半，忠治露出令人不快的笑容，接著又說：
「嗯，算啦……俗話說詛咒別人要挖兩個洞嘛。」
「什麼意思？」裕太問。
「就是如果下咒殺死他人，日後也會報應到自己身上，所以要挖兩個墓穴。」
那也就是說……裕太腦海裡浮出不好的想像。
「是對方先騙人的。」
「所以有一個人死了。」
「這樣就結束了，只有一個墓穴。」
「如果妳告訴他們避開處罰的方法，2號房間就不會有人死掉了。是我們殺了那個人。」

「都已經被騙了，你還要我告訴他們獲救的方法嗎？我可沒那麼好心。」
「妳一定會遭報應的……」
「蠢斃了。況且，我們也不曉得這則留言是不是事實。」
「是事實喔。」
「天曉得。」
「殺了人，妳都沒有罪惡感嗎？」
「這不是我的錯，要怪就怪那個造成了這種局面的傢伙。」
由紀一步也不退讓。
「真虧妳有臉這麼說……」
忠治還想說下去，裕太阻止了他。
「有新留言。」
聊天室裡有新留言。

1號房間：我們沒有說謊，確實用「東京」搜尋成功了。

「1號房間打算裝蒜到底呢。」
由紀看著螢幕說。她應該慌了手腳，但沒有表現出來。

裕太望著由紀固執的側臉，心意產生了些許動搖。

2號房間：我們已經無所謂了。

1號房間：什麼意思？

2號房間：因為處罰而死掉的那個人沒有搜尋成功，所以我們這邊有一個人再也無法搜尋了。

1號房間：那會怎麼樣？

2號房間：Q版小鬼宣布我們已經出局，這個房間的所有人都會死。

看見這則留言，由紀終於再也掩飾不了震驚，身體微微發抖。

裕太十分在意留言裡的「Q版小鬼」。出現在螢幕上的卡通角色，會依房間或狀況有所不同嗎？

「看來墓穴變成五個了呢。不，搞不好是變成十個……」忠治戲謔地說。

「說不定全部都是騙人的。」

為了讓由紀打起精神，裕太脫口說出所想到的可能性。

「你是什麼意思？」

由紀用有氣無力的聲音問。

「被關在房裡的，也許只有在場的我們五個人，其他房間全是假象。有可能其他房間只存在於電腦裡，一切全是兇手的自導自演。這樣一來，兇手會允許我們聊天，也就說得通了。」

裕太拚命動腦思索，將想法化作言語。

「原來如此，這個猜測還真有趣。」

忠治如此附和，但並非同意了裕太的看法。

「但是，說不定全是真的。如果是搭建出這種房間的傢伙，很可能做出這種事。」

「這個……」

裕太答不上話，只得看向螢幕。

上頭出現了新留言。

2號房間：不過，我們並沒有放棄，還有方法可以嘗試。

看到這則留言，裕太一行人睜大雙眼。

「有方法可以嘗試……但如果不能搜尋，我想就無計可施了吧……」

由紀露出饒富深意的笑容。

「這可能是不幸中的大幸喔。」

「什麼意思？」
「2號房間在被逼到絕境後，想到了某些方法吧。」
「某些方法？」
「問問他們吧。」
說完，由紀敲打鍵盤。
3號房間：2號房間，可以嘗試的方法是指什麼？
2號房間：逃離這裡。

「果然。」
2號房間的回答似乎在由紀的預料之中。
「對喔。如果能夠逃離這裡，就算不知道謎題的答案也無所謂。」
自從看到那個謎題，裕太一行人就拚了命地想解謎，反而忘了逃離這裡這個本來的目的。
「那可不見得。」忠治又開口潑冷水。
「這次又怎麼了……」
從語尾的語氣，可知由紀十分煩躁。

「就算2號房間想到了逃離這裡的方法，他們會告訴我們嗎？」

「即使不告訴我們，他們如果能成功逃出去，應該會報警吧。」

「要是來得及就好了……」

忠治看向躺在地板上的丸山。

即便2號房間成功逃脫，也不曉得要花上多少時間才能找到這裡。氧氣存量只剩下六小時左右，距離謎題的截止時間只剩下五小時。

由紀打下留言。

3號房間：逃離的方法是？

2號房間：這我們不能說。

3號房間：可是，你們打算逃出去吧？

2號房間：為了活下去，只能這麼做。

3號房間：如果你們能平安逃出去，請你們報警。

2號房間：當然。

3號房間：還有，你們想到的逃脫方法，我們也辦得到嗎？

2號房間：多半每個房間都行得通。

1號房間：騙人的吧。

2號房間：你怎麼能肯定？
1號房間：我們也試過了很多方法，但都沒辦法逃出去。這個房間沒有任何破綻。
2號房間：有盲點喔。
1號房間：那就告訴我們啊。
2號房間：逃離這裡需要體力，先讓我們休息一下吧。
1號房間：想逃走嗎？
2號房間：晚安。
3號房間：欸，你們還會回來吧？

2號房間沒有回應。
「妳覺得呢？」裕太問，同時相當在意肩膀的傷口。
「等吧。只要等待，2號房間就會採取某些行動。」
「他們會回聊天室嗎？」
「會回來的。」
「沒想到妳是樂觀主義者呢。」
「不行嗎？」
「沒有不行啊。但沒有根據的樂觀，也許會付出慘痛的代價喔。而且，妳這根本是坐享其成。」
忠治極盡挖苦地說。
由紀沒有受到他的挑釁。看來是強忍下了反駁的衝動。
「嗯，算啦。」
這之後，誰也沒有開口說話。

時間一分一秒流逝，只有丸山苦悶的呻吟聲不斷響起，五人都壓抑著急躁難安的心情。美奈子再也按捺不住焦急的情緒，發出歇斯底里的大喊。
「你們快點想辦法逃離這裡啊！」
沒有人能回應她。美奈子將攻擊砲火轉向由紀。
「妳不是以腦袋很聰明自豪嗎？而且還是個東大生吧？完全想不到逃出這裡的辦法嗎！」
由紀本想回嘴，但忍住了。不管對現在的美奈子說什麼，她都聽不進去吧。
裕太不敢與美奈子四目相接，目光投向螢幕。
「欸，就沒有人能想想辦法嗎！」美奈子說得氣急敗壞。
「再這樣下去我們都會死的！」
忠治也一臉事不關己。

「拜託你們，快點想想辦法啊！」

聽著她迫切的懇求，裕太心軟了。

「我們就老實地向他們求救吧。」

說完，裕太站到電腦前頭。

3號房間：我們這間房裡有人身受重傷，不曉得他在剩餘的時間裡撐不撐得住。明明說謊騙了人，你們可能會覺得說這種話很厚臉皮，但如果真有逃脫的辦法，請告訴我們。

1號房間：受傷的人是誰？

沒想到是1號房間回覆了他們。

裕太覺得這則留言很不對勁，不久前也出現過同樣的感覺。就是1號房間問房裡有沒有人穿西裝的時候，兩個問題都與丸山有關。

2號房間：要小心1號房間。會有人傷亡，都是因為1號房間設下了陷阱。

1號房間：請別說這種奇怪的話，我們只是擔心3號房間受傷的人。

2號房間：真的是這樣嗎？1號房間察覺到那件事了吧？

1號房間：你指什麼事？如果知道了什麼事情，請告訴我們。
2號房間：我們才不會上當。

裕太寫下留言後，聊天室裡的話題開始往出乎意料的方向發展。
1號房間和2號房間似乎都察覺到了裕太等人不曉得的「某件事」。他們究竟發現了什麼……

2號房間：3號房間，你們再這樣下去必死無疑喔。
3號房間：這是什麼意思？請告訴我們你們知道的事情。
2號房間：不行，也會被其他房間知道。
3號房間：不能讓其他房間知道嗎？
2號房間：1號房間，你說呢？
1號房間：我們什麼也不知道。
2號房間：嗯，算了。還有時間。
3號房間：我們這裡有人受傷，想盡快離開這裡。
2號房間：除了逃出這裡，只有贏得比賽的時候才能離開這裡。
3號房間：果然沒有其他辦法了嗎？

2號房間：受重傷的人已經搜尋成功了嗎？
3號房間：還沒。
2號房間：那就危險了。那個人要是死了，你們的命運就和我們一樣。
3號房間：我們不曉得搜尋項目是什麼。

間隔了一點時間之後——

2號房間：沒辦法，就老實告訴你們吧，我們有三個項目搜尋成功了。一個是出生年，另一個是名字，是3號房間給的建議幫上了忙。我們這裡雖然沒有藝人，但其中一個自由業者是落語家的弟子。在那個當下，我們就有些明白兇手在想什麼了。
1號房間：2號房間話還真多呢，真可疑。你們該不會在打什麼歪主意吧？
2號房間：要是那麼認為，你們乾脆關了聊天室啊？
1號房間：哈哈哈哈哈哈哈哈哈哈哈哈……
2號房間：看來1號房間腦袋不正常了。
3號房間：第三個搜尋項目是？
2號房間：我們不想輕易告訴你們。
3號房間：為什麼？

2號房間：如果五個房間齊心協力，原本也許可以將危險性降到最低，並且找到謎題的答案。但是，大家卻不願意合作，不是有所隱瞞就是互相欺騙，到最後害得我們出局。

3號房間：騙了你們，我向你們道歉。但是，那也是因為我們相信了其他房間的留言，卻有人因此受傷，一時衝動下才會撒謊。

2號房間：一時衝動？我倒覺得你們反騙回來時很冷靜呢。

3號房間：因為有人擅長說謊。

裕太打完以後，看向四周。由紀正用帶刺的目光望著他。

「抱歉……」

「我並不介意。」

大概是明白裕太在想什麼，由紀說得神色自若。

2號房間：擅長說謊嗎？莫非是女性？

3號房間：Ｙｅｓ．

2號房間：你是男性吧？上班族？

3號房間：我是學生。

2號房間：是電影學校的學生吧？

3號房間：你怎麼知道？

2號房間：1號房間不是問過你們，房裡有哪些人嗎？3號房間有東大生、電影專門學校學生、意圖自殺的人。難道這個人就是漫談忠治？

3號房間：沒錯，還有粉領族和上班族。

2號房間：受重傷的是上班族嗎？

3號房間：對。

2號房間：那就糟了。不論發生什麼事，都不能讓那個男人斷氣。

3號房間：為什麼？

2號房間：他是重要人物。

3號房間：請告訴我們這是什麼意思。

2號房間：我們只能說這麼多，你們要自己想。

2號房間知道了裕太等人沒有發現的某件事。不，不只2號房間，1號房間也察覺到了，所以才問他們是誰受了傷。

1號房間：你們兩個人都說太多了。

2號房間：1號房間也發現了吧？那就老實承認吧。

1號房間：我們是發現了。但是，光是這樣還贏不了比賽。
3號房間：請告訴我們。
1號房間：不可能。
2號房間：放棄吧。
3號房間：拜託你們。
1號房間：在這裡寫出來的話，會被所有房間知道，那樣一來比賽就不成立了。
2號房間：別再追問了，我們也很痛苦。
3號房間：那麼，能不能至少給點提示？

裕太不肯罷休地執拗追問。2號房間屈服於他的頑強，寫了回覆。

2號房間：如果只是提示，那應該沒關係。你們要仔細閱讀管理員寄來的郵件，還有，聊天室裡的對話也能成為提示。

管理員寄來的郵件和聊天室裡的對話……
他們兩邊都看過了。裕太自認為看得很仔細，但可能還是遺漏了某些訊息。
「關掉聊天室吧。」由紀從旁說道。「檢查一下郵件。」

「知道了。」

裕太打開郵件軟體的收件匣，點開管理員寄來的郵件。

歡迎來到遊戲屋！

接下來說明遊戲內容。

你們如果想平安回家，就只能找到謎題的答案，贏得比賽。

房內的氧氣只提供十二小時。不對，已經不到十二小時了呢。請在時間之內找出答案吧。

我不接受任何提問。

那麼，開始出題。啊，我突然忘記題目了。

請各位等我一下吧！

裕太、由紀和忠治看著郵件。

看起來並沒有奇怪的地方啊……

裕太又重新看了一次，還是看不懂。裡頭真的藏有提示嗎？

「啊！」由紀低聲輕叫。「居然這麼簡單……」

「什麼？」

「我們都搞錯了。即使回答出謎題，也無法離開這裡。」

「什麼意思？」

「上面寫了，我們必須贏得比賽。」忠治用茨城口音說。

「咦？」

裕太重看郵件內容。

「……如果想平安回家，就只能找到謎題的答案，贏得比賽。」

贏得比賽……光是解開謎題，還無法離開這裡嗎？

「是什麼比賽呢？」裕太瞪著螢幕說。

「不曉得。但是，2號房間好像察覺到了什麼。」

裕太再打開管理員寄來的另一封信，上頭只有寫了謎題的題目、要上網搜尋、搜尋失敗的話會有處罰而已。

裕太關掉收件匣視窗，打開聊天室。左肩一陣刺痛。

「你沒事吧？」

看到裕太露出痛苦的表情，由紀開口關心。

裕太硬是擠出笑容。到了這種時候，他還是想在由紀面前耍帥。

「如果這一切全是虛擬遊戲就好了……」

低聲喃喃說完後，裕太憶起某部電影。是裕太最喜歡的一位電影導演，大衛・柯能堡一九九九年執導的作品《X接觸——來自異世界》。

一位天才女遊戲程式設計師在新遊戲發表會上遭到攻擊，擔任警衛的男主角救出了她，兩人開始逃亡。但是，整件事都是在遊戲中發生。在這部電影裡，遊戲中還有遊戲，讓人分不清哪些是現實，哪些又是遊戲。柯能堡一直是拍攝這類作品的科幻電影導演。不對，雖說是科幻電影導演，他也拍過《掃描者大對決》和《變蠅人》等娛樂片。就個人觀點而言，裕太認為《錄影帶謀殺案》這部電影堪稱傑作，錄影帶和人類融為一體的那幕場景絕對不容錯過。電影上映時，裕太還搞不懂他究竟想表達什麼，但如今看來，可知大衛·柯能堡已經在嘗試讓機器與人類互相結合。沒錯，柯能堡不單是科幻電影導演，他太先進了，可以說是時代好不容易才追上了他。

見裕太默不作聲，由紀問：「很痛嗎？」

這句話將裕太拉回現實。

「不，我只是在想事情……」

裕太連忙捲動頁面，回到最一開始的留言，看起聊天室的內容。但是，沒有特別需要留意的資訊。

裕太在聊天室裡寫下自己發現的線索。

3號房間：解開謎題後，必須比賽才行吧？

2號房間：沒錯，這個比賽只有解開謎題答案的人才能參加。
3號房間：你們知道是什麼比賽嗎？
2號房間：不解開謎題的話，就無法參加比賽。1號房間已經五個人都搜尋成功了吧？
1號房間：問得還真突然。
2號房間：1號房間，你們的搜尋情況如何？
1號房間：遲遲沒有進展呢。
2號房間：說老實話吧。
1號房間：我的個性比較怕生。
2號房間：嘴上說怕生，倒是問了其他房間很多問題嘛。
1號房間：因為我好奇心旺盛啊。
2號房間：怕生又好奇心旺盛嗎？也很狡猾吧？
3號房間：1號房間、2號房間，怎麼了嗎？
2號房間：3號房間，這裡是聊天室，是公開場合。
3號房間：我知道。
2號房間：其他房間也都在看，要是在這裡不假思索地寫下訊息，就會暴露自己的資訊。你們最好不要輕易公布自己的資訊。

3號房間：謝謝你的忠告。但是，我們還是選擇坦白。我們必須在剩下的五次搜尋裡讓三個人成功，所以很需要資訊。

2號房間：這也許是零和遊戲。

「果然……」裕太嘀咕。

「零和遊戲？」由紀問。

「是賽局理論的一種模式，競爭者間的償付總和為零。也就是說在這種遊戲裡，只要一方獲利，另一方就會蒙受損失。」

「如果套用在現在的情況，那會怎麼樣？」

「只要一個人死，就有一個人活。一個房間消失，另一個房間就會得救。」

五個人全都愁眉苦臉。

「可是，這樣一來數字不對吧？」忠治又插嘴說了。

「數字不對？」

「房裡有五個人吧？如果一個人死，一個人就會活下來，那麼兩個人死，就有兩個人會獲救。那多出來的最後一個人呢？」

他說得沒錯。裕太答不上話，忠治又說道：

「套用在房間也是同樣情況。如果共五個房間，不論怎麼算都會多出一個房間。」

「這個……」
裕太變得支支吾吾。
「說不定只有一個房間能得救。」
躺在地板上的丸山用痛苦的聲音說。
「不，說不定只有那間房內的一個人能得救。」
果然規則類似《大逃殺》嗎？
「這間房裡的人全部都會活下來！」
為了一掃房內愁雲慘霧的氣氛，由紀揚聲大喊。
「但是，如果只有最後一個人能活下來，妳會怎麼做？還是會動手吧？」
忠治說，對由紀那試圖讓大家團結一心的鼓舞之舉大潑冷水。
「目前完全沒有出現過那種內容吧？像這樣疑神疑鬼還比較恐怖。」
「疑神疑鬼？」
「開始互相猜忌，然後自取滅亡。這種事情才最可怕。」
「2號房間如果成功逃脫，也有可能向外求援啊。」
裕太提出樂觀的意見，但丸山反駁：
「那可未必。」
「咦？」

丸山轉向一臉錯愕的裕太又說：

「我們肯定遭到了監視，恐怕其他房間也一樣。就連聊天室的對話，兇手應該也都看見了。在這種情況下，你以為他們逃得出去嗎？」

說到這裡，丸山環視眾人。誰也沒有回話。

「說到底根本不可能嘛，對吧……」

他說得沒錯。這個房間正受到監視，聊天內容也被看光了吧。這種情況下怎麼可能逃出去……

「我們或許最好別提這件事。」

「咦？」

「兇手可能在偷聽。」

由紀提醒大家不要說出「逃脫」這兩個字。

裕太轉向電腦。

3號房間：難道我們沒有辦法得救了嗎？

2號房間：別自暴自棄啦。

3號房間：請告訴我們得救的方法。

2號房間：我們有三次搜尋成功，其中有個搜尋項目你們還不知道。

3號房間：請告訴我們。
1號房間：3號房間，這或許是陷阱，小心一點。
2號房間：事到如今我們才不會設陷阱，我們已經輸掉比賽了。
1號房間：那說不定是騙人的。
3號房間：請告訴我們搜尋項目。
2號房間：在那之前，我要先離開一下子。
1號房間：真可疑。
2號房間：我想到的逃脫計畫非常危險，所以不能僅憑我的意見就實行，必須徵得其他人的同意。等我取得大家的同意，我會再回來，然後告訴你們第三個搜尋項目。在那之前先等等我吧。
3號房間：我會等你。可以的話請盡快。
2號房間：在那之前，你們最好別採取任何行動。受傷的人雖然令人擔心，但還有很多時間。

之後，聊天室再也沒有動靜。
「怎麼了？」
丸山問，裕太於是說明了目前為止聊天室裡的對話。

「是嗎？那就等等看吧……」

「你最好別再說話了。」

美奈子柔聲說著。這時的美奈子，和之前那個歇斯底里地發火的女人，看起來根本就判若兩人。

裕太重新體認到，女人真是難以理解的生物。不過，這種轉變他倒是不排斥。由紀也……不，現在不是想這種事的時候了。

裕太斜眼看向美奈子和丸山。他不曉得兩人是什麼樣的關係，但望著這對成熟的情侶，心裡不禁有些羨慕。

沉默之中，那段旋律再度響起。

2號房間寫下最後一則訊息後，已經超過二十分鐘。

漫長又沉悶的靜默持續著。

2號房間會不會從此不再聯絡他們呢……不單是裕太，其他四人也開始感到不安。分明誰也沒有開口說話，卻能感覺到內心的躁動在彼此間擴散。

「好慢……」由紀嘟囔說。

一分鐘感覺像有一小時。如果2號房間就此不再回覆，那該怎麼辦？要和之前一樣，尋找搜尋項目繼續解謎，還是尋找逃離這裡的方法比較好？所有人都在想這件事。

就在這時，傳來提示收到新郵件的簡短音樂。

由紀將畫面切換到郵件軟體，沒向其他人知會一聲就打開郵件。

寄件者：管理員
主旨：在做什麼呢？

大家在做什麼呢？
我是將你們關在這裡的可恨兇手喔。
一期一會。
人一生中會有各式各樣的邂逅。
雖然是這樣子的邂逅，但也請珍惜吧。
仔細想想，所有人都是被關在地球上。
雖然也有人成為太空飛行員離開地球，但大多數人都無法離開這顆星球。
請將這個房間想像成是地球吧。
不過，這個星球還真小，既沒有資源，氧氣也只剩下一點點。
想到這裡，就覺得要愛護大自然呢。
環保非常重要。是環保，不是自私 3。
啊！我又寫了沒有意義的一封信呢。
大家都很忙吧？

那請加油吧！

看完郵件，由紀和裕太都沒有心情說話。兩人都氣得想砸了螢幕，但要是真的那麼做，就正中兇手的下懷了吧。

「就當作什麼也沒看到吧。」由紀用氣得發抖的聲音說。

螢幕上出現了新留言。

「來了！」

原本站在電腦前的由紀，將特等席讓給裕太。

2號房間：我說服了剩下三個人。

3號房間：我想大家都受到了監視，恐怕這些留言也會被看到。

2號房間：這我很清楚，反正我們已經沒有退路了。

3號房間：小心一點。

1號房間：真的能夠逃離這裡嗎？

看到這則留言，即使裕太再遲鈍，也察覺到了這是在試圖妨礙。1號房間是故意

3 環保的日文源自「Ecology」，自私的日文源自「Egoism」，兩者日文發音相近。

用了「逃離」這兩個字。不能相信1號房間，反之可以相信2號房間。不，這點也有待商榷……

2號房間：3號房間，照之前約好的，告訴你們第三個搜尋項目吧。

看見2號房間寫下引頸期盼的留言，裕太卻不禁懷疑起來。

「難道你在猶豫？」

「不，我只是在想點事情。」

被由紀一問，裕太打定主意，寫下回覆。

3號房間：謝謝你，我們等很久了。

2號房間：不過，我不想讓其他房間知道。尤其不想讓1號房間知道。

1號房間沒有留言。

2號房間：1號房間，你們正看著吧？

2號房間出言挑釁，但1號房間沒有上鉤。

2號房間：嗯，算了。3號房間，接下來告訴你們搜尋項目。但在那之前，你是電影學校的學生吧？

3號房間：沒錯。

2號房間：那就好。第三個搜尋項目我會用猜謎的方式告訴你，以免被其他房間知道。

看著螢幕的裕太霎時愣住。

「猜謎……」

由紀和忠治也定定望著2號房間的留言。

2號房間：別擔心。如果熟悉電影，這個問題你一定知道。

裕太的表情蒙上陰影。這下糟了。他確實喜歡也熟悉電影，但類型有限。如果與恐怖電影有關那倒無妨……但要是他猜不出答案，那麻煩就大了。

2號房間：那我出題了。電影〇〇七系列中，第二代詹姆士．龐德曾做過一件其他代龐德沒做過的事。那件事與搜尋項目有關，而這個項目搜尋成功的人是女性。

裕太頓覺有沉甸甸的重物壓在肩上。

「你知道嗎？」由紀懷抱著期待看向裕太。

「雖然〇〇七電影我大部分都看過……」

裕太答得曖昧不明，求助地看向忠治。

「我怎麼可能知道。」

「小野寺，你不知道嗎？」

「嗯、嗯……」

地上有洞的話，裕太真想鑽進去。

「騙人的吧！」

由紀的大喊讓裕太心裡傳來一陣刺痛。

「如果是恐怖電影，我會比較熟悉。」

他所說的是感覺無濟於事的辯解。

「那叫對方改變問題吧。」

「嗯、嗯。」

裕太依言寫下留言。

3號房間：抱歉，我不知道答案。希望能改變題目。

2號房間：那你運氣真是不好，我不能再透露更多了。

3號房間：請給點提示吧。

2號房間：若不曉得這個謎題的答案，那說再多也是白搭。

3號房間：請出其他問題。

2號房間：依剛才的問題去想答案吧。

3號房間：拜託你！

2號房間：我們要開始行動了。

3號房間：請出其他問題！

2號房間：既然你這麼堅持，我索性告訴你離開這裡的方法吧。

裕太、由紀和忠治三人都瞪大雙眼。只要知道逃離密室的方法，根本不需要找出謎題的答案。

2號房間：我們要炸開房間。首先破壞電腦桌，利用桌腳在氧氣槽上撞出破洞，然後用電腦的電源點燃流出的氧氣，氧氣槽就會爆炸，炸毀牆壁。很棒的計畫吧？

「什麼……」

看到這出人意表的逃脫辦法，裕太張大了嘴合不起來。倘若是好萊塢的動作片，這種破天荒的想法，確實有可能出現在故事高潮的逃亡場景裡，但是……

3號房間：太危險了。

2號房間：反正什麼都不做也是等死，所以我們決定付諸實行，就此告別了。3號房間，祝你們好運，其他房間也加油吧。如果能夠平安逃離這裡，我們會報警的。再會啦！

這是2號房間最後的留言。如果他們真如留言所言執行那個計畫，也許可以讓氧氣槽爆炸。但是，他們能夠活下來嗎……

3號房間：2號房間，你們再重新考慮一下。

2號房間沒有回應，已經在執行逃脫計畫了嗎？

引爆氧氣槽，這就是2號房間口中逃離密室的方法。

對這大出意料的逃脫辦法，由紀和忠治也都啞然失聲。

「太亂來了。」由紀低喃。

如果2號房間的房間構造和這裡一模一樣，即使能讓氧氣槽爆炸，他們自己也不可能毫髮無傷。這種逃脫計畫根本是在賭命。

「妳覺得他們能活下來嗎？」

裕太問，由紀左右搖了搖頭。

「不可能。」

「他們都會死。」忠治環顧四周，確認房間的構造後說道。

到頭來，2號房間的五個人，或許就等於是他們殺的。

「怎麼樣了？」美奈子用無力的聲音問。

由紀難得地走到美奈子和丸山面前，說明了2號房間的逃脫計畫。

兩人面帶沉痛的表情聽著。

「要是其中有一個人能獲救，然後去通知警察就好了……」

丸山硬擠出渾身力氣似地說，臉色非常慘白，只發得出細若蚊蚋的聲音。如果丸山就這麼死了，裕太他們也會面臨和2號房間一樣的命運嗎？

「一切都結束了……」美奈子絕望地說。

這句話讓房內的氣氛更是凝重，誰都不再開口說話。
打破沉默的，是從牆壁另一頭傳來的——爆炸聲。同時，房間有些搖晃。
五人神色不安地互相對望。
「這該不會是……」
由紀緊皺著眉頭開口。
「嗯……」
「果然是這麼一回事吧？」
兩人想到的答案都一樣。
2號房間引爆氧氣槽了。
也就是說，其他房間和這個房間都在同一棟建築物裡。
「是《原罪犯》！」裕太突然大叫。
「什麼？」
「在《原罪犯》這部電影裡，出現過所謂的監禁業這種行業。在大樓的同一個樓層裡，並排著好幾個像是KTV包廂的牢房。」
「所以這裡的構造也一樣嗎？」
「我們也許是在監獄裡……」
「如果是的話，可能還有一線希望。」

一直安靜不動的忠治加入談話。

由紀側著頭思索。

「假使其他房間都在同一棟建築物內，只要2號房間有一個人能活下來，要找到這個房間根本是輕而易舉。」

的確，如果有人能活下來報警，也許事情就會那樣發展。但是會有人活下來嗎……

「我想沒有人能活下來吧。」

「我也這麼認為。」由紀附和道。

「確認一下吧。」

裕太察覺到了某件事，走向電腦。由紀和忠治似乎都不明白裕太打算做什麼。

3號房間：剛才房間外頭好像傳來了某種東西爆炸的聲音，其他房間也聽到了嗎？

沒有房間立即回答。裕太捺著性子等候，1號房間回覆了。

1號房間：是2號房間引爆了氧氣槽吧。

3號房間：你們聽到了聲音吧？

1號房間：看樣子我們都在同一棟建築物裡。

3號房間：5號房間也聽到了嗎？

等了一會兒，5號房間都沒有回應。裕太不禁想像了最糟糕的狀況。目前活下來的，也許只剩下裕太他們和1號房間。

1號房間：對了，我們雖然聽到了爆炸聲，但房間的牆壁並沒有倒塌。3號房間的狀況呢？

3號房間：這邊也只有聲音和搖晃。

1號房間：如果五個房間並排在一起，大概就可以認定2號房間逃脫失敗了吧。

1號房間說得沒錯。假使房間是按照順序並排，2號房間應該在1號房間和3號房間中間。爆炸後兩邊房間的牆壁都沒有炸毀，表示2號房間想利用爆炸破壞牆壁的計畫失敗了。

1號房間：2號房間的逃脫計畫失敗了。

3號房間：我們也這麼認為。

1號房間：接下來只能解開謎題了。

3號房間：難道你們知道答案？
1號房間：不知道。
3號房間：知道的話，請告訴我們。
1號房間：2號房間的五個人都死了。殺了他們的，就是3號房間的你們這幾個。
1號房間寫下帶有惡意的留言。他們知道2號房間出的謎題的答案，裕太有這種感覺。不，搞不好1號房間所有人都已經搜尋完畢了。裕太離開了電腦，用力轉動腰部。一直往前彎腰對著電腦，讓身體變得很僵硬，被雷射光擊中的左肩也很痛。
「我們必須解開謎題。」
由紀說完，看向裕太。
裕太閉口不語。
「話說回來，第二代〇〇七是誰啊？」忠治嘀咕。
幾秒過後。
「你們連這種事也不知道嗎……」
一道痛苦的話聲響起。
「咦！」
裕太扭過頭去，由紀和忠治也轉過頭。三人一致看向丸山。

「幹、幹嘛？」

陪在丸山身邊的美奈子發出神經質的叫聲。

「你知道第二代〇〇七是誰嗎？」裕太誠惶誠恐地問。

「這點小事我當然知道。」

「請告訴我們。」

「你連這種事也不知道嗎？……我想第一代你們都曉得，就是史恩．康納萊。第二代是只拍過一部《女王密使》的喬治．拉贊貝。」

丸山忍著痛楚回答。

「第二代〇〇七做過其他代〇〇七沒有做過的某件事，你知道他做了什麼嗎？」

「他都這個樣子了，別太過分！」

為了保護丸山，美奈子尖聲抗議。

「這是謎題。」

由紀說明了2號房間用猜謎的方式，告知了他們第三個成功的搜尋項目。

「呵呵呵……」

丸山低聲笑了。聽來像是來自地獄的笑聲。

「你知道答案嗎？」

「不用回答他們！」美奈子說得毅然決然。

「但是，這是妳的搜尋項目喔。」

「就算搜尋成功了，也沒辦法馬上離開這裡吧？那樣子……」

就來不及了——美奈子是想這麼說吧，但她支吾著打住了。

「不……」丸山抬起蒼白的臉龐。「我就告訴你們吧。要是捨棄希望，誰也無法得救。」

人之將死，其言也善。丸山看來連說話都很吃力，卻告訴裕太等人謎題的答案。

「這部電影……是部沒沒無聞的名作，雖然主角的演技稱不上好……但劇本很出色。不過，我認為〇〇七系列中《第七號情報員續集》才是傑作，但《女王密使》也相當有趣……」

美奈子大概是不想看到丸山痛苦的模樣，閉上了眼睛。

「那麼，〇〇七只在那部電影中做的事情是什麼？」由紀有些急躁地問。

「不用著急，我也沒力氣發表長篇大論。只有第二代龐德做過的事就是結婚。」

可說是花花公子代表的詹姆士．龐德居然會結婚……真教人不敢相信。

「結婚嗎？當作搜尋項目是不奇怪……你覺得呢？」

由紀向裕太詢求意見。

裕太記得小時候曾在電視上看過《女王密使》，當時有結婚的場景嗎？既然結了婚，就應該有對象，但他從未聽過〇〇七有妻子。而且，這應該也會影響到下一部作品。

第三代詹姆士．龐德是羅傑．摩爾，電影中出現過他結了婚的劇情嗎？

裕太拚命回想劇情，卻想不起來。真希望有線索能供他回憶……

「你說〇〇七結過婚，感覺真像在騙人。」在一旁聽著的忠治說。「你該不會心想反正自己已經沒救了，就說謊騙我們吧？」

「你之前不是還堅稱自己死了嗎？」美奈子極盡嘲諷地說。

「死了」這兩個字在裕太腦海裡一閃而過。

「啊！」

「怎麼了？」由紀問。

「沒錯，丸山先生說的是真的。〇〇七結婚了。」

「真的嗎？」

由紀問，帶著希望他說明的語氣。

「我想起來了，對方死了。電影最後，詹姆士．龐德雖然結了婚，但妻子被殺死了。〇〇七只有在那部電影裡結過婚。」

「真的沒問題嗎？」

「錯不了。」

「搜尋項目和結婚有關吧？」

由紀這麼確認，裕太點點頭。

「能麻煩妳去搜尋嗎？」由紀對美奈子說，但她沒有反應。

「我說……」

「咦！」

美奈子的肩膀一震，回過頭來。

「希望妳能去搜尋。」

大概在想事情吧，聽到由紀呼喚自己，美奈子吃了一驚。

「我要搜尋什麼？」

「至今的搜尋項目都是來自履歷，如果妳已經結婚了，那就搜尋已婚，如果還沒結婚……」

「就是未婚！」美奈子中途接過話。

她的態度讓裕太很在意。這種時候竟然還心不在焉，感覺很不尋常。

美奈子走向電腦，將畫面從聊天室切換到搜尋網頁。

無預警地，裕太心生不安。搜尋項目肯定跟結婚有關，但是，他還是感到不安。是2號房間撒謊了嗎？雖然有可能，但如果那陣爆炸聲來自2號房間，就表示他們在最後一則留言說謊。他們會那麼做嗎？一思及此，就覺得結婚這個搜尋項目不太可能是錯誤的。

但是，他很不安。這股不安究竟是怎麼回事……

裕太緊緊盯著螢幕。

美奈子輸入搜尋項目，迅速按下搜尋鍵。

「啊！」

看到搜尋項目，裕太一臉愕然。

「不行！」

一旁的由紀也驚覺有異，大叫出聲，但為時已晚。

美奈子輸入的搜尋項目只有「死」一個字。

螢幕上浮出大大的「搜尋失敗」四字，接著出現了河童。來到這個房間以後，已看過數次的「處罰」兩字隨即出現。

「妳這樣是什麼意思！」由紀逼近美奈子。

「呵呵呵……」美奈子發出無力的笑聲。

「妳明白自己做了什麼嗎？」

「大家最好都死了算了。」

聽到美奈子這麼說，裕太不寒而慄。她是真的想尋死。

「為什麼？」

由紀一問，美奈子勾起嘴角，露出自虐的笑容。

這就是裕太感到不安的緣由。電腦螢幕上顯現某些訊息。

「糟了！」

裕太發出前所未有的嚴肅聲音大喊，由紀因此又將目光拉回到螢幕上。

忠治心想會有處罰，整個人緊貼在氧氣槽上，是認定那裡很安全吧。但是，這次的處罰和以往不一樣。出現在螢幕上的文字是——

這次的處罰是電腦病毒。
這台電腦在三分鐘後將無法使用，各位明白這代表的意思吧？
不過，只要開啟掃毒軟體，還有得救的機會。
但開啟掃毒軟體也有個問題，就是房間的設備將停止運作一小時。
還是要開啟嗎？
（Y・N）
剩餘時間　2分38秒

時間正一秒一秒流逝，剩下兩分半鐘左右。

「怎麼辦？」

裕太發出欲哭無淚的聲音，重看訊息。不能使用電腦就代表死亡。如果開啟掃毒軟體，結果又會如何？上頭寫著房間的設備會停止運作是什麼意思？氧氣會停止供給嗎……

要選擇ＹＥＳ，啟動掃毒軟體？還是選擇ＮＯ，捨棄電腦？哪個選擇才是正確的？

裕太看向身旁，由紀也正一臉沉思的神情。

但是，沒有時間猶豫了。

美奈子臉上帶著卑微的笑容，但眼神泛著哀傷。她為什麼要做這種事？不，現在沒有時間思考了。

「怎麼辦？」

對這突發狀況，裕太只說得出這句話。

倒數計時剩下不到一分鐘。

「既然不管選哪一種都是死，我寧願採取行動之後再死！」

由紀說完，一把推開電腦前的美奈子，然後看也不看狼狽倒地的她一眼，直接站到電腦前面。

螢幕上的倒數計時顯示為19秒。

由紀按下鍵盤上的Y。

螢幕的計時器停止計時，接著出現以下文字：

「即將啟動掃毒軟體，房間的設備會停止運作一小時。」

旋即電腦自動關機。

這個選擇真的正確嗎？總之，有一個小時都不能使用電腦。

緊接著，天花板的燈光熄滅。

瞬間，房間被黑暗籠罩，是至今從未經歷過的全面漆黑。
「怎、怎麼了……」是忠治的聲音。
「房間的燈被關掉了，忍耐一小時吧。」這是由紀的聲音。
「我、我們會不會就這麼死了啊……」忠治的聲音聽來很害怕。
「就忍耐一小時吧。如果覺得自己快受不了就閉上眼睛，其實也跟現在差不多。」
由紀安撫著忠治。自己能夠忍受這片黑暗長達一小時嗎？裕太也相當害怕。
空氣出現流動。有人正大口深呼吸。
「氧氣好像沒有停止供應呢。」是由紀的聲音。「小野寺，你在哪裡？」
「我在這裡。」
由紀移動到傳出裕太聲音的地方。
「房間的設備停止運作，是指關閉照明嗎？」
黑暗中響起由紀冷靜的話聲。
「不只如此。」
「什麼？」
「很臭。」
「咦？」
「恐怕空調和空氣清淨機都停止運作了。」

經她一說，裕太才發現這個房間先前都維持著適當的溫度，也聞不太到血的味道和嘔吐物的惡臭。雖然看起來只是密閉的四角形房間，但為了讓被關起來的人們能夠專心在解謎和比賽上，兇手似乎精心設計過。

「不曉得我能不能忍受這片黑暗一個小時呢。」

「如果無法忍受，就睡吧。」

「怎麼可能睡得著嘛……」

「一小時過後我再叫你。」

「川瀨呢？」

「我有件事想試試看。」

由於空調被關掉，房內開始有些變熱，空氣也很沉悶。因黑暗失去視覺後，其他感官反而變得敏銳，各種聲音和臭味都讓人在意。

「啊？」

裕太發現前方有道朦朧的亮光。

「怎麼了？」

由紀的聲音傳來。

「有光。」

「在哪裡？」

可以感覺到由紀轉頭張望左右。

「啊！」

由紀似乎也注意到了那道亮光。

是什麼光呢？

「漫談先生，你在氧氣槽前面嗎？」由紀問。

「在、在啊，怎麼了嗎？」黑暗中傳來忠治的回答。

「你能往旁邊移開一點嗎？」

「到底怎麼了啊？」

忠治應聲後，可以感覺到有人移動，接著便能看見亮光。那是氧氣槽的計時器發出的光。

5小時11分鐘

憑著計時器的亮光，四周明亮了些許。既然計時器還在倒數，表示氧氣果然仍在供應。明白到這一點，讓人安心不少。看來房間的設備停止運作，是指關閉天花板的照明、空調和空氣清淨機，選擇啟動掃毒軟體似乎是正確的。

「照明熄滅後到現在，大概過了三分鐘吧。」由紀說。

「應該差不多。」

「那麼當計時器顯示為剩下四小時十四、五分鐘的時候，照明就會恢復了吧。」

「在那之前都要待在黑暗裡嗎？」
「我們還有事情得做。首先，我要她說明一下。我無法原諒剛才的背叛行為。」
由紀說完，在黑暗中尋找美奈子。美奈子就蹲在電腦桌旁邊。
「妳到底是什麼意思！」由紀朝著黑暗中發問。
「一切都結束了。」美奈子傳來回答。
「為什麼？妳為什麼要做錯誤的搜尋？」由紀繃緊身體。「為什麼？」
由紀又問了一次，但美奈子沒有答腔。房內響起丸山痛苦的呼吸聲。
「大家有可能會被妳害死喔！」由紀變得暴躁，大聲叫喊。「快點回答我啊！」
她的怒吼在寂靜中迴盪。
「算了，別再說了。」裕太勸道。
「你說算了是什麼意思？」
由紀充滿怒火地將矛頭轉向裕太。
「我好像可以明白她想做什麼。」
「什麼意思？」
「川瀨太堅強了……」
「這根本不算回答！」
「我可以明白她的心情。她是想解脫，所以才故意讓搜尋失敗……」裕太沒有繼續說下去。聞言，由紀也靜默下來。

「我剛才是想自殺。」美奈子用沙啞的聲音說。

「不只是這樣吧？」這道話聲是丸山。「她是想讓我得到解脫。」

雖然看不見，但美奈子溫順的表情浮現腦海。

「美奈子是看不下去我一直這麼痛苦吧。我不曉得她在你們眼中是什麼樣子，但她其實是非常溫柔的女人。」

「那種做法才稱不上溫柔。」由紀立即反駁。

「也有這種溫柔喔。」

「反正誰也不會得救。」癱坐在地的美奈子說著，語氣不再咄咄逼人。

「妳下一次搜尋對的關鍵字吧。」丸山試圖說服美奈子。

「可是……」

「我的傷勢確實很嚴重，但還不見得會死……現在血也止住了，我感覺有好一點……」

這番話不曉得可信度有多少。處在伸手不見五指的黑暗中，無法確認丸山的情況。在燈光熄滅之前，他就已經氣若游絲，怎麼想都不覺得他的傷勢會有所好轉。

「我知道了，下次我會搜尋對的關鍵字。」美奈子說。

「下次就麻煩妳了。」由紀語帶不滿地說。

刺鼻的空氣與黑暗，似乎削弱了五人求生的意志力。但是，裕太還是想活下去。

12:00～11:00
11:00～10:00
10:00～9:00
9:00～8:00
8:00～7:00
7:00～6:00
6:00～5:00
5:00～4:00
4:00～3:00
3:00～2:00
2:00～1:00
1:00～0:00

黑暗中傳來那段旋律。

氧氣存量剩下五小時，解謎截止時間還有四小時，距離照明恢復則還有四十五分鐘左右。

在氧氣槽計時器的幽微亮光下，有道黑影靠近裕太。是由紀。

「我有話想跟你說……」

大概是為了提防四周的人，由紀壓低音量說著。

「什麼事？」

「你記得提示訊息寫著啟動掃毒軟體後，會發生什麼事嗎？」

「我記得是寫著房間的設備會停止運作。」

「果然沒錯。」

「這件事怎麼了嗎？」

由紀沒有回答他的問題。

「現在這麼暗，攝影機也派不上用場吧？」

「不，那倒不見得。還有紅外線攝影機。」

「即使一片漆黑也照得到？」

「我是不敢百分百保證啦……」

停頓了一會兒後。

「嗯，算啦，不管了。」

四周暗得讓裕太看不見由紀的表情，但她似乎想到什麼主意。

「我打算檢查看看牆壁。」

「咦！」

聽了由紀的提議，裕太不禁大叫。

「可是，牆壁有電……」說到一半，他總算明白由紀在想什麼。「對喔！說不定牆壁也停止通電了。」

由紀點點頭。

「但要是沒有停止的話……」

「那就到時再說吧。」由紀說得泰然自若。

電擊。小學五年級的時候，裕太也和朋友一起在試膽大會時進入廢棄工廠，觸碰損壞的插座因而觸電。當時他痛得跳起來，此後非常怕電。

「別擔心，我會去摸牆壁。」

彷彿看穿了裕太在想什麼，由紀這麼說道。

「要是沒有通電，就檢查看看牆壁吧。到時小野寺也要幫忙喔。」

說完，由紀消失在黑暗中。

「小心……」裕太說到最後沒了聲音。

又失敗了，他沒能讓由紀看見自己帥氣的一面。要是就此死在這裡，自己永遠都是沒出息的男人。

「太好了，電流關掉了。」

由紀走回來，語氣充滿興奮。

「那該怎麼辦？」

由紀瞥向亮著微光的氧氣槽計時器。

4小時55分鐘

離電源恢復還有四十分鐘左右嗎……

「也請漫談先生幫忙檢查牆壁吧。」

「我知道了。」

裕太向坐在氧氣槽旁的忠治提出請求，希望他一起幫忙檢查牆壁。

「好啊。」

想不到忠治一口答應。

「在這裡被人殺掉，總覺得很火大。」

「那就麻煩你了。」

「真的不再導電了吧？」

「嗯，對……」

由於不是自己親手確認過，裕太答得含糊。

「我可不想觸電。」

裕太也是相同的想法。

「那我要檢查哪一邊？」

「這個……都可以。」

「都可以嗎……」忠治嘀嘀咕咕，消失在黑暗裡。

裕太往與忠治相反的方向踏出腳步，前方就是互相依偎的美奈子和丸山。

其實他也想請美奈子幫忙檢查牆壁，但這種情況下著實開不了口。

裕太伸出手尋找牆壁。雖然由紀說牆壁已不再通電，但他還是很害怕。要是突然撞上牆壁而觸電，他可會嚇得心臟病發。

探出的右手指尖輕碰到牆壁後，他霎時縮回手，接著對自己的膽小苦笑起來。依剛才的觸感，牆壁並沒有通電。他再一次緩緩伸出右手，指尖摸到了冰冷的牆壁，果然沒有通電。他鼓起勇氣將手掌貼在牆上。沒事的。裕太忍著痛再伸出左手，兩手沿著牆壁往左右移動。摸起來很冰。

他讓感覺集中在掌心上，從地板開始，往上直至手能摸到的地方，盡可能檢查牆壁。摸起來都一樣，沒有任何凹陷、凸起或是接縫。他往右移動，同樣從地板直到手能觸及的高度，仔細地檢查過一遍，又是一無所獲。他再往右邊移動。

這邊同樣什麼也沒有。

這裡也是、這裡也是、這裡也是、這裡也是……

在黑暗中檢查牆壁的裕太，慢慢開始覺得自己的行為真是毫無意義。

由紀他們怎麼樣了？聽得到移動的聲響，但看不見身影。

漆黑的世界，不變的黑暗無止盡地延伸……

這裡真的是在房間裡嗎？裕太突然開始胡思亂想。他以為自己還活著，但該不會在雷射光處罰時就已經死了吧？那道雷射光並非打中肩膀，而是打中了頭部吧？由於他當場死亡，才沒有當時的記憶……不，說不定自己早在更之前就死了。送由紀回家時搭的計程車發生了車禍……而這裡是那個世界的入口……

裕太想起了電影《靈異第六感》。他們該不會和那部電影的主角一樣，其實早就死了吧？不久他們就會發現自己已經死了嗎？

雖然《靈異第六感》好評如潮，但裕太很不滿意，因為從前美國電視劇《陰陽魔界》裡就有過雷同的故事。是勞勃．瑞福年輕時參與演出的〈死神來訪〉這則短篇。內容是有名老婦人因為害怕死亡，鎮日將自己關在房裡，一名年輕員警於是前來拜訪她。老婦人在與員警談話期間，逐漸打開緊閉的心扉，但其實員警是來自另一個世界的使者，來迎接早已死亡的老人。這則短篇很出色，將死亡描繪成了安詳的世界，而非恐怖。

裕太向來以精通電影和電視劇自豪，如今卻被迫體認到，自己的學識根本不值一提。而且，自己竟不知道第二代〇〇七是誰，真是太失敗了。想著這些無謂的事情，他卻覺得好像能夠逃離黑暗的束縛。這麼說來，有則教誨說過，無用的東西反而重要，也就是「無用之用」。無意義的東西，實則非常重要，這是莊子的教誨。有部電影以此為主題，叫什麼來著？……裕太想不起來。

「嗯，算了……」

裕太再度開始專心檢查。他讓所有感覺都集中在掌心上，檢查牆壁。

「哦……」

手指碰到了某種東西，循線摸去，似乎是牆壁的接縫。

「川瀨……」他小聲呼喚由紀。

「小野寺，怎麼了嗎？……」

由紀的聲音從比預期中近的地方傳來。兩人只相隔四、五公尺。
「妳能過來一下嗎？」裕太說。
黑暗中，由紀循著裕太的聲音往他靠近。
「怎麼了？」
「這面牆壁好像有接縫。」
「哪裡？」
裕太握住由紀伸出的手。真沒想到第一次牽手是在這種狀況下。他將她的手拉到疑似有牆壁接縫的地方，由紀用手指觸摸。
「真的耶，好像是接縫！」
真遺憾，黑暗中看不見由紀高興的臉龐。
「這個接縫真奇怪。」
疑似接縫的線條是斜向地橫切過牆壁。
「怎麼了嗎？」
忠治的聲音突然響起，裕太嚇得放開由紀的手。
「你們還有心情卿卿我我啊？」
忠治用藝人時期的語氣說話。
「我們找到接縫了。」由紀一本正經地回答。

「哪裡？」

感覺忠治要伸手去碰由紀的手，裕太於是從旁抓住他的手臂。

「幹嘛？」忠治不滿地問。

「你想知道接縫在哪裡吧？」

兩人的獨處時光被打擾，裕太有些不高興。

「用不著你來告訴我。」

「別跟我客氣了。」

裕太說完，抓起忠治的手，移動到疑似是牆壁接縫的地方。下一秒，牆壁迸出藍色火花，全身一陣發麻的裕太和忠治當場倒地。

「怎麼了？」

由紀的聲音從上方傳來。

「牆、牆壁通電了。」

房內還沒有恢復照明，但牆壁似乎重新導電了。

「太危險了，最好不要碰。」裕太倒在地板上說。

「到此為止了呢……」

「是因為剛才的爭吵被兇手發現了嗎？」

「嗯，算啦。光是能知道有接縫，就是一大收穫了。」

由紀的話聲依舊強悍有力。

「記住這個地方吧。」

「但現在這麼暗……」

「說得也是，那就待在這裡別動吧。」

「川瀨呢？」

「我去看看時間。」

說完，由紀消失在黑暗中。

裕太輕輕轉動肩膀，雙手握拳鬆開，活動身體，全身還在發麻。黑暗幾乎讓人喘不過氣，他感到無所適從，時間變得很漫長。由紀去察看計時器後，已經過多久時間了？話又說回來，都沒有聽見忠治的聲音。他該不會跟著她過去了吧……黑暗加深了裕太的不安，讓他不由得想像起忠治襲擊由紀的畫面。那種事不可能發生。在這種情況下，怎麼可能做出那種事……況且若有任何狀況，應該聽聲音就知道。他所想的都不可能發生，只是妄想。太暗了。黑暗讓他做出了奇怪的想像。不能早點恢復照明嗎？裕太過於擔心由紀，弄得自己坐也不是、站也不是。她怎麼樣了？怎麼這麼慢？要叫她一聲嗎……

「小野寺……」由紀的喊聲傳來。

「我、我在這裡。」裕太立即回答。

由紀循著他的聲音走回來。

「還有十幾分鐘喔。」
聽到由紀的話聲，裕太安心地吁了口氣。
「漫談先生好像不在這裡了。」裕太說。
「我在這裡喔。」身旁卻響起忠治的聲音。
「咦！」
看來忠治與裕太一同倒地後，就一直待在他旁邊。
這就是茫無頭緒下的疑心生暗鬼嗎？不，兩者合在一起，該說是茫然生暗鬼才對吧。對黑暗的恐懼，使人變得多疑。
「為了避免分不清自己人在哪裡，我們最好待在原地不動。」
由紀的聲音讓裕太冷靜下來。但是長達十分鐘都要待在這片黑暗中，什麼也不能做，還是很痛苦。好像會再度輸給黑暗，讓人又開始胡思亂想。
「這裡是在房間裡吧？」這個聲音是忠治。
「是啊。怎麼了？」
「四周這麼暗，會讓人覺得自己好像死了……」
忠治似乎也因為黑暗而開始疑神疑鬼。
「我也是。」裕太附和。
「感覺快要精神錯亂。」忠治用緊張兮兮的聲音說。

「還有十分鐘，最好閉上眼睛吧。」
「那樣也很可怕啊，好像自己死了一樣。」
儘管擔心由紀認為自己膽小，裕太還是老實說出心裡話。
「可能做點事情，分散注意力比較好吧。」
由紀閉上嘴巴後，沉默降臨。
黑暗與靜寂讓人陷入不安。
為了打破沉默，裕太開口說了。
「我們繼續剛才的猜謎吧。」
「猜謎？」
由紀似乎忘了自己出過的謎語。
「妳說過秋天有，夏天沒有這個謎語吧？」
「啊，那個嗎？」
經裕太一說，她終於想起來。
「妳還沒告訴我答案。」
「對喔。」
「什麼猜謎？」忠治打岔。
「那我出題囉。」

由紀依然我行我素。

「東京有，大阪沒有；春秋有，冬夏沒有。」

裕太動腦尋思。總覺得可以想到什麼，卻想不出答案。

「茶泡飯有，咖哩沒有。」

「嗯？」忠治簡短應了聲。

「你知道了嗎？」由紀問。

「不，妳繼續。」

聞言，由紀繼續出題。

「秋刀魚有，鯛魚沒有。」

「沒有提示嗎？」

「跟電影有關喔。」

「如果跟電影有關，就只有那個答案了。」

忠治似乎猜到了答案。裕太焦急起來。

「我可以說答案了嗎？」忠治問。

「可以。」

「是小津安二郎吧？」忠治說。

是指電影導演小津安二郎嗎？他是看過不少部小津的電影……

「啊！」

思緒總算串連起來，但已經太慢了。

「答對了。」

由紀宣告猜謎結束。

他怎麼會沒發現呢？丸山回答了〇〇七的謎題，忠治又答出了小津安二郎這個答案，身為精通電影的人，裕太實在臉上無光。

「小野寺，你知道了嗎？」

「嗯……」

裕太用細若蚊蚋的聲音回答，但由紀好像沒有聽見。

「全部都是小津安二郎執導的電影片名喔。他拍過《東京物語》，但沒有拍過《大阪物語》。《晚春》和《麥秋》這兩部電影的片名裡有春秋，但沒有拍過片名裡有夏冬的作品。同樣也拍過《秋刀魚之味》和《茶泡飯之味》，但片名裡沒有出現過鯛魚和咖哩。」

由紀的聲音聽起來非常遙遠。

「其他也有片名裡有秋的電影，像是《秋日和》和《小早川家之秋》。春天的話，還有《早春》這部電影。」忠治細心補充。

「小野寺，你在學電影吧？不喜歡小津的電影嗎？」

裕太一句話也說不出來。

「小野寺，你怎麼了？」

「沒什麼……」

他連辯解的力氣也沒有。明明害怕死亡，現在卻很想死。偏偏這種時候，他想起了以「無用之用」為主題的電影，是小津安二郎執導的《早安》。

電影裡父親對一對兄弟發脾氣，罵他們老說廢話，於是兄弟倆反駁大人也老說一些無謂的話，像是「你好」、「早安」、「晚安」。末了兄弟倆採取可愛的無聲抗議，不再說話。這部電影的主旨即是人雖然老說廢話，但其實這些廢話非常重要，是淺顯易懂地表達了無用之用的佳作。

天花板的燈亮了起來。

突如其來的光明令人暈眩，裕太閉上眼睛。

「怎麼回事？」由紀的聲音傳來。

裕太慢慢睜開眼皮。眼睛適應光亮後，開始能看見四周。看往身旁，由紀正一臉愕然。發生什麼事了嗎？循著由紀的視線望去，裕太也目瞪口呆。

「怎麼會這樣……」

裕太一行人正站在房間正中央。

不可能。裕太和忠治摸了通電的牆壁後，當場跌坐，所以應該與牆壁距離不到一公尺，現在卻……

一陣沉默之後，由紀開口說話了。

「看來只能繼續了呢。」

由紀八成是判定沒有時間煩惱了，於是走到電腦前頭。

裕太和忠治也跟在她身後。

丸山依然倒在地上，美奈子不離不棄地陪著他。

電腦也重新啟動了。

螢幕上出現了大大的「掃毒完畢」四字。

「能麻煩妳搜尋嗎？」由紀冷淡地問美奈子。

丸山已是奄奄一息，令人擔心不曉得他還能撐幾小時。

美奈子腳步蹣跚地走向電腦。由紀目不轉睛地監視著她，以防她再度搜尋錯誤的關鍵字。

美奈子輸入「未婚」，按下搜尋鍵。

螢幕上出現河童，接著是對話框。

恭喜搜尋成功！這次是特別優待的放鬆時間，請選擇一首歌曲休息一下吧。

①BOHEMIAN RHAPSODY／Queen

②THE SIGN／Ace of Base
③I'M NOT IN LOVE／10ｃｃ
④EROTICA SEVEN／南方之星
⑤JACK&DIANE／John Cougar
⑥８ MILE／Eminem
⑦99／TOTO
⑧KISS ME／Sixpence None the Richer
⑨EASY MONEY／King Crimson
⑩DESIRE／U2
⑪SUKIYAKI／For Positive Music
⑫NEVER CAN SAY GOODBYE／The Jackson 5
⑬MORE LOVE／Third World
請選擇一首歌曲。

「這是什麼？」由紀嘀咕道。

螢幕上出現的這些曲名和歌手名，有什麼涵義嗎？

裕太將曲名看過一遍。有幾首歌曲他也知道，但還是不明白兇手的意圖。

見一行人沉默不語，美奈子問：「怎麼辦？」

由紀注視螢幕，若有所思。裕太也一樣不停思考，但實在不認為這些曲名的排列具有什麼意義。

螢幕上的Q版河童又出現對話框。

再不快點決定，就由我替你們選擇了喔。

「喂？」

美奈子催促他們，但裕太和由紀都沒有開口。美奈子等得不耐煩，隨便選了一首曲子。

⑪SUKIYAKI／For Positive Music

電腦開始播放For Positive Music演唱的〈SUKIYAKI〉。

「只是播放音樂而已嘛……」美奈子語帶埋怨。

「十三。」由紀說出她一直在想的事情。

「十三怎麼了？」裕太問。

「選擇曲目共有十三首，你不覺得奇怪嗎？」

「有嗎？」

「一般都會湊成整數吧？像是十首之類的，對方卻提供了十三首。我覺得這其中一定有某種意義。」

「十三嗎……」

但是，誰也不曉得有什麼意義。

在苦悶的沉默之中，電腦繼續播放由男性合唱的悅耳〈SUKIYAKI〉。

12:00～11:00
11:00～10:00
10:00～9:00
9:00～8:00
8:00～7:00
7:00～6:00
6:00～5:00
5:00～4:00
4:00～3:00
3:00～2:00
2:00～1:00
1:00～0:00

安裝在氧氣槽上的計時器顯示為4小時00分鐘。

裕太一行人依然束手無策。美奈子搜尋成功後，只剩下丸山和裕太。但對於兩人的搜尋項目，眾人還是一點頭緒也沒有。搜尋機會剩下三次，只能再失敗一次，再加上丸山的臉色已經慘白到大家都看得出很危險。丸山一死，遊戲就結束了，恐怕所有人都會命喪此地。必須想辦法讓丸山在斷氣前搜尋成功。

裕太看向電腦螢幕。螢幕上開著搜尋視窗。起先上頭放有五人的大頭照，如今由紀的位置變成了「5」，忠治是「W.C.」，美奈子是「For Positive Music」，只有還未搜尋成功的裕太和丸山仍然是大頭照。

電腦前方的由紀一臉肅穆地陷入沉思。休息時間過後，她始終一言不發。

「妳想到什麼了嗎？」裕太小心翼翼地發問。

「沒有。雖然沒有……又覺得好像找到了線索……」
「妳是指美奈子小姐的搜尋結果有十三項這點？」
由紀頷首。她似乎很在意十三這個不上不下的數字。
「我搜尋成功的時候，也一樣有十三個選項。」
是嗎……裕太想不起來。
「可是，漫談先生那時候沒有選項喔。」
「所以我才搞不懂啊……也許他和我們不一樣。」
「哪裡不一樣？」
「這我怎麼知道。」
由紀說得心浮氣躁。
「對了，記得5號房間有藝人愼太郎，2號房間也有落語家吧。」
「所以每個房間都有藝人嗎？」
「1號房間我不清楚，但就目前掌握到的資訊，感覺好像有。」
「一定有，1號房間多半也有藝人，只是他們藏起來了……你等一下。」
由紀似乎想到了什麼，將電腦螢幕的畫面從搜尋網頁切換至聊天室。
「怎麼了？」
「資訊。」

由紀捲動聊天室的頁面，開始檢查留言。裕太不曉得她想做什麼，但一樣看起留言。

「果然。」重新看過幾則留言後，由紀說道。

「妳發現什麼了？」

「１號房間問了好幾次有哪些人，像是『能說說你們那邊被關起來的有哪些人嗎？』或者『３號房間有哪些人？』……他們想了解其他房間的情況。」

「對了，他們也問過『有上班族嗎』和『穿西裝嗎』。」

「這一定有某種涵義。」

「２號房間說過上班族是重要人物。」

「上班族是丸山先生呢……」

由紀瞟向丸山。他虛軟地躺在地上不動，但還保有意識。美奈子陪在他身邊，感覺隨時要哭出來似的。

「妳對於他們問『穿西裝嗎』這件事有什麼看法？」

「不曉得。藝人、上班族、十三個選項，有什麼東西能串連起這些事嗎？」

由紀說完不再作聲。這三件事之間有什麼共通點嗎？裕太歪過頭思索，但想不出答案。兩人沉默了半晌。

「好像和數字有關。」

忠治打破沉默。

「你有什麼發現嗎？」由紀問。
「剛才列為搜尋結果的曲目中，有幾首歌曲都有數字。」
「哪幾首曲子？」
在美奈子的搜尋結果中，裕太只記得一首。
「有一首是南方之星的〈EROTICA SEVEN〉。」
「7嗎……還有呢？」
由紀問，但裕太想不起其他歌曲。
「還有10ｃｃ的〈I'M NOT IN LOVE〉。」忠治說。
「10ｃｃ不是曲名喔。」
裕太開口糾正後，由紀皺起小臉。
「別來搗亂。10對吧？」
裕太認為自己只是說實話，卻被當成搗亂的人。
「Eminem的〈8 MILE〉。」
「8。」
「TOTO的〈99〉。」
「99或9。」
「但是我們選的曲子是For Positive Music的〈SUKIYAKI〉。兩者都沒有數字。」

「其實有喔。For Positive Music通稱4PM，也就是4。」

忠治用茨城口音說。看來他對西洋音樂也知之甚詳。

「既然有十三首，表示數字也是1到13囉？」

「如果是這樣，TOTO的〈99〉就是數字『9』了。」

「我記不太得曲名和歌手名了，但有曲子裡頭有數字13嗎？」

裕太並非想否定忠治的看法，只是單純地說出疑惑。

忠治和由紀也試圖回想搜尋結果的曲目，但想不出裡頭含有11、12、13這些數字的曲名或歌手名。

這時，提示收到郵件的簡短音樂傳來。

由紀切換至郵件軟體的視窗，收件匣有一封新郵件。

「又收到信了。」

說完，由紀打開收件匣。

寄信者：管理員

主旨：遊戲名稱

大家都還好嗎？

啊，不可能好吧？距離猜謎截止時間只剩下兩小時再多一點。
儘管著急吧。不過，請努力不要喪命喔。在這世上，人一旦死亡就結束了。
此外，我想大家都注意到了，同樣構造的房間共有五間，所以我想到了一個好主意。
你們猜是什麼？
公布答案囉！五個房間裡有五個人，也就是5×5，「55」！
決定了！吧吧啦吧~
這場賭上性命的遊戲名稱，就決定從「下午」[4]改為「Afternoon」了！
Afternoon也是十二小時，非常適合作為這個遊戲的名稱。
連我也覺得自己真是才思敏捷。
那麼，請各位讓剩下的幾小時過得有意義吧！

由紀默默關掉郵件軟體視窗。
「關掉沒關係嗎？」
忠治問，由紀沒有答腔。
「信裡說不定藏有提示喔。」
但是，由紀還是緊緊閉著嘴巴。裕太往她偷瞄，發現她神色陰鬱地咬著嘴唇。兇手

4 日語下午的發音為「gogo」，五的發音為「go」。

寄來的嘲諷郵件讓她很不甘心吧。

「真是氣死人。」由紀倒豎柳眉。

「這就是兇手的目的吧？」忠治說得從容不迫。

「原來如此。」裕太也附和同意。

「什麼？」

「那封信是存心挑釁，要讓我們失去理智。」

由紀撇下嘴角。

格鬥賽上，有時選手會累得無法再進行攻擊，只是互相瞪視。這種時候，裁判就會命令選手繼續決鬥，說觀眾都正在觀看比賽，快點攻擊對方！

管理員寄來的郵件也是同樣的道理。將裕太他們關在這裡的那人，想看見他人痛苦的模樣；與其看他們花時間苦惱，更希望眾人顯得痛苦、焦急。

有好一會兒，誰也沒有說話。

嘶、嘶、嘶、嘶、嘶……

靜謐之中，傳來了有人拖著某種沉重事物的聲響。

裕太回頭，只見美奈子拖著丸山的身體。看那樣子，他還以為丸山終究斷氣了，但並非如此。儘管臉色蒼白，丸山卻還活著。

「怎麼了？」由紀問。

「是、是我拜託她的……」丸山痛苦地開口說。
「知道他的搜尋項目是什麼了嗎？」
美奈子問，由紀搖一搖頭。
「是嗎……他說之後要是知道了搜尋項目是什麼，自己最好待在離電腦近一點的地方。」
「也是呢。」
丸山的想法可以理解。假使知道了搜尋項目，丸山卻在搜尋前斷氣的話，一切都是白費工夫。接下來的事態說不定會演變成分秒必爭，所以丸山還是待在電腦附近比較好吧。
「我想拜託你一件事。」美奈子轉向裕太，客氣地開口。「我們能再一次在聊天室裡求救嗎？」
「希望不大喔。」
「就算不大，至少要試試看。」
美奈子向房內看來唯一會答應她的裕太懇求。
「那是沒關係……」
裕太為難地察看由紀的臉色。
「我知道了，就試試看吧。」

由紀出乎意料地乾脆答應。

3號房間：我們房裡有人身受重傷，是上班族。如果有人知道他的搜尋項目是什麼，請告訴我們。他一死，我們就完了，請救救我們。

由紀在聊天室裡寫了留言，但沒有半個房間回覆訊息。

沉默持續了良久，只有時間無情流逝。

「沒有反應呢。」

「好像是。」美奈子垮下肩膀。

「乾脆不管三七二十一，隨便輸入一個搜尋項目試試看吧。」

裕太脫口說出自己的想法。

「那是下下策，別亂來。」

「嗯，說得也是……」

「還有時間，我們再想想吧。」

但裕太無法認同由紀的意見。要是丸山死了，就算剩下再多時間，那個當下便已出局。

「很痛苦嗎？」

電腦前頭，美奈子詢問靠著桌子的丸山。

「肚子好痛……」

美奈子鬆開丸山褲子的皮帶。

總覺得這一幕不宜觀看，裕太轉開頭去。由紀和忠治也對丸山他們的舉動感到尷尬，別開目光。

裕太沒有目的地看向牆壁和天花板。他們真的無法逃出這個房間嗎？電腦、導電的牆壁、氧氣槽……除了2號房間試過的方法，沒有辦法能逃離這裡了嗎……

說到逃脫電影，史提夫．麥昆主演的《第三集中營》和《逃離惡魔島》，還有克林．伊斯威特主演的《亞特蘭翠大逃亡》，每一部都是化不可能為可能。思及此，要從這個房間逃出去也是……不對，也說不準，《第三集中營》和《逃離惡魔島》都稱不上逃跑成功。《亞特蘭翠大逃亡》中雖然主角逃出了監獄，但是否活了下來並未交代清楚。《異次元殺陣》也沒能逃出那個空間。果然無法逃離這裡嗎……不，也有成功的例子。有部電影主角逃出監獄後，成功活了下來。《刺激1995》越獄成功，是無可挑剔的快樂結局。

「嗚！」

就在裕太回想電影時，後頭傳來女性短促的呻吟聲。

「這是什麼聲音？」

裕太一回過頭，眼前是難以置信的光景。

「救、救命……」

跪在地板上的由紀伸長頸子，用空洞的雙眼注視著他。她的脖子上纏著黑色男用皮革腰帶，美奈子就在她身後抓住皮帶兩端。

「什、什麼……」

裕太呆若木雞，美奈子對著他揚聲大喊：

「不要動！」

聽到這聲大叫，忠治也吃驚地轉過頭來。

「你敢動我就勒死她。別看我這樣，我對自己的力氣很有自信喔。」

這下子只能遵照美奈子的指示。

「妳想做什麼？」

這種情況下起內鬨自相殘殺，一點意義也沒有。這樣簡直像是B級暴力電影裡的一幕場景。

「再這樣下去根本毫無進展吧？」

「我也知道，但妳為什麼要這麼做？」

「對你們雖然很不好意思，但我們決定賭一把，所以必須讓這個囉嗦的女人閉上嘴巴。」

「你們想做什麼？」

「你不是也說過嗎？」

聽她這樣說，裕太也想不到她指的是什麼事。

「我們要不管三七二十一，總之先搜尋看看。」美奈子說。

「但那是下下策……」

「沒有時間了！我們想馬上離開這裡！」

看起來丸山和美奈子都打定了主意。

「一切都是陷阱嗎……」

美奈子會拖著丸山來到電腦前面，丸山說「肚子好痛」，美奈子就為他解開皮帶，一切都是……趁著大家別開視線，美奈子便藉機用丸山的腰帶勒住由紀，將她當作人質。全部都是計畫好的。

「要是有人敢亂來，我就勒死她。」美奈子厲聲威脅。

「你們想到搜尋項目了嗎？」忠治冷靜地問。

「我們已經想到了。」

「是什麼？」

「就是『上班族』。」

這個選項有可能成功。謎題是：「你是誰～？」目前成功的搜尋項目有出生年、姓名、未婚，那麼剩餘的搜尋項目，有可能是地址、學歷、職業、性別、興趣、專長……

如果搜尋項目與其他房間相通，其他房間又疑似也有上班族，那麼「上班族」確實是有力候補。而且尚未搜尋成功的裕太和丸山中，只有丸山是「上班族」，這場賭注多少有些勝算。

「真的沒問題嗎？」

脖子被皮帶勒住的由紀質疑。

「妳沒有權利發表意見。」美奈子斷然回道。

「他可是重要人物喔……」

由紀無視忠告，正想說話，但美奈子一在抓著皮帶的手臂上使力，她便閉上嘴巴。

「這次我絕不會失敗。」

丸山說著，使出最後的力氣往電腦移動。

裕太的腦海裡浮出問號。正如由紀所言，上班族是重要人物，會只是「上班族」這麼簡單的搜尋項目嗎？而且「上班族」還有「白領族」這種說法。更讓裕太在意的是，1號房間問過：「穿西裝嗎？」「穿西裝」有什麼涵義嗎？他的腦袋裡滿是問號。

丸山在搜尋欄裡輸入「上班族」。

「等一下！」裕太突然大喊。

美奈子警戒地瞪著他。

「搜尋項目可能不是『上班族』……」

「不然是什麼？」

「一定是……『西裝』。」

「咦？『西裝』？」美奈子一臉納悶地反問。

「如果搜尋項目與其他房間相通，『上班族』這個搜尋就是錯的。」

「為什麼？」

「我記得2號房間有公司社長，但沒有公司員工。而且不知道為什麼，好奇房間有哪些人的1號房間還問過上班族是否穿著西裝。」

「他說得沒錯。」脖子被皮帶勒住的由紀也幫腔附和。

丸山遲疑著是否要按下搜尋鍵。

「怎麼辦？」

美奈子仰賴丸山的判斷。至今丸山搜尋過「出生年」，失敗；搜尋過「名字」，也一樣失敗，所以他十分猶豫。他們的想法開始產生動搖。

「那就改吧。」丸山用沙啞的聲音說。

他刪掉「上班族」三個字，輸入「西裝」。

「這樣就好了嗎？」美奈子問裕太。

「我不敢百分之百保證，但我想成功機率比『上班族』高。」

「沒辦法，畢竟誰都不曉得正確答案。」

裕太答不上話。

丸山準備按下「搜尋」鍵，所有人的目光都定在他身上。這時，美奈子握著皮帶的手放鬆了力道，由紀沒有錯過這個機會。說時遲那時快，她掙脫開勒住脖子的皮帶，迅速起身，起腳踢向美奈子。姿勢一百分的前踢命中了美奈子的腹部，她倒在丸山身上。丸山因這陣衝擊點下滑鼠。第八次搜尋開始了。

電腦發出低沉的聲響，開始運作。

踢人的由紀、倒地的美奈子、裕太和忠治都屏著呼吸等待搜尋結果。

急切的時間在五人之間流竄。

這段時間……比之前還要久。

為什麼這麼久？

只是感覺很久而已嗎……？

螢幕上終於出現河童。

五人的視線死死盯著螢幕。

向各位報告悲傷的消息。

搜尋失敗，敬請節哀。

那兩行字像是想惹怒裕太一行人般，字體不同以往，變成行書體。但是，五人完全沒有時間生氣。

處罰要開始了。

不知何處傳來了引擎運轉般的詭譎機器聲。

又是魔音處罰嗎？不，不對，這是某種東西在動的聲音——是這個房間！房間正緩緩地開始傾斜。就像調高跑步機的角度一樣，房間的傾斜幅度逐步變大。

「兇手想做什麼……」

地板變得陡斜，若不在雙腳上使力，根本站不住。地板再繼續傾斜下去，他們就會掉往下方的牆壁，牆壁上有電流。這次的處罰是電擊地獄嗎？

裕太環顧四周，發現由紀開始移動。看著她的忠治也開始移動。

裕太也使力踏著地面，撲向氧氣槽的槽腳。

瞬間，就像齒輪交替般，房間的傾斜度大幅加劇。

千鈞一髮之際，裕太抓住了固定在地板上的氧氣槽槽腳，接著看見丸山的皮帶沿著地板往下滑落。

他還以為皮帶會撞上牆壁觸電，結果沒有，這個房間的構造超乎裕太的想像。皮帶掉往的終點不是牆壁。只有底下那面牆壁敞開來，形同巨大的空洞，更下面是無盡的黑暗，宛如是黑洞入口。皮帶掉進那個大洞後，瞬間消失無蹤。是瞬間移動到異次元了嗎？

還是因為高溫瞬間燒掉了？抑或只是錯覺……他不曉得實際情況究竟如何，但想像得到一旦掉進那個大洞，鐵定沒命。

裕太抬眼一看，便見忠治和自己一樣抓著氧氣槽腳，也確保了安全的位置。他再轉動視線，尋找由紀。由紀正右手捉著電腦桌腳，左手抱著丸山。地板的角度越來越傾斜，最終成了九十度。方才為止的地板變成了牆壁，原本的一面牆壁變成了在正下方，更底下是一片黑暗。

忠治、由紀、丸山……沒有看到美奈子。裕太再度用目光搜索，終於發現美奈子。美奈子懸在半空中，正捉著由紀的左腳。由紀的右手臂上承載著丸山、美奈子和自己三人的體重。

倘若由紀放開桌腳，三個人就會掉進黑暗大洞。從裕太的所在地，就算伸長手也搆不著由紀。她若想得救，就得放開丸山，用兩手抓住桌腳，但那樣一來，丸山會有什麼下場呢……恐怕會掉進黑洞，再也不會回來吧。丸山尚未搜尋成功，要是他掉下去，這個房間就出局了。但就算是這樣，裕太也沒辦法過去幫忙，只能眼睜睜地注視著由紀。

「快點結束！」裕太大叫。

由紀的手臂不停發抖。再這樣下去，三個人都會掉進黑洞。

「救、救命……」美奈子用氣若游絲的聲音說。

「還沒結束嗎……」

裕太看向由紀。旁人一眼也看得出她已到達極限。

「丸山先生、放開丸山先生吧！」

就在裕太這麼呼喊的瞬間，由紀擺動身體，用力縮起右腳。

「住手！」

裕太大喊，但由紀用力踢向捉著自己左腳的美奈子頭部。

美奈子的腦袋一晃，身體放開了由紀的腳，臉龐因恐懼而猙獰扭曲。

時間彷彿靜止，裕太清楚看見了美奈子滿是絕望的表情。

他一輩子也不會忘記她的表情吧。但雖說一輩子，也不曉得接下來還剩多少時間……

美奈子的臉孔扭曲，發出悲鳴墜入黑洞。然後伴隨著「滋」一聲，像是某種東西融解般的聲音，她的身影徹底消失。

裕太害怕得不敢看向由紀。親眼見到美奈子消失的由紀，現在是什麼表情呢？不，別再想了。現在只能去想自己一行人今後的處境，只想著這件事就好了……

不久，地板回到原來的位置，牆壁也重新封起。

美奈子在裕太他們眼前消失了，永遠也不會再回來。

12:00～11:00
11:00～10:00
10:00～9:00
9:00～8:00
8:00～7:00
7:00～6:00
6:00～5:00
5:00～4:00
4:00～3:00
3:00～2:00
2:00～1:00
1:00～0:00

不曉得沉默持續了多久。氧氣槽的計時器顯示剩不到三小時，謎題的截止時間也剩不到兩小時，但誰也沒有開口說話。

裕太環視房間，確認狀況。丸山倒在地板上，還活著，但似乎意識不清。忠治坐在地板上陷入沉思。由紀注視著現在已經關起，但處罰時曾敞開的牆壁。四處都不見美奈子。數分鐘之前，她還在這個房間裡。當時的畫面在裕太腦海裡揮之不去，美奈子那張恐懼得扭曲的臉龐深深烙印在他眼底。

由紀選擇的方法不算有錯，那種情況下選擇有限。再不採取行動，由紀會和丸山、美奈子一起掉進黑暗大洞。這意味著不單是由紀，裕太和忠治也會喪命。還未搜尋成功的丸山一死，一切就結束了。

就結果而言，由紀的選擇是正確的。裕太理論上明白，但還是難以釋懷。

「是她救了我們喔。」大概是察覺到裕太在想什麼，忠治對他說道。「只有那麼做，我們才能得救。」

聽忠治這麼說，裕太輕輕點頭。

裕太想起了由紀的別名「冰山美人」，不禁打了個哆嗦。

「別露出那種表情。」

由紀冷不防地開口說，裕太的心跳漏了一拍。

「我並不後悔。」

「我知道。」

「再那樣下去，大家都會死。而且之前那個女人還想勒死我，但自己一有危險，就過來抓住我……如果立場顛倒，我會自己主動放手，保護大家。」

「沒有任何人怪妳喔。」

忠治幫腔說道。不久前兩人還互相對立，現在已經團結一心。

「我也不是在怪妳，只是……有點吃驚……」

「我們忘了這件事吧。」忠治用開朗的聲音說。

怎麼可能忘得了。當時美奈子那張恐懼扭曲的臉孔，感覺今後每晚都會作惡夢夢見。

「這下子我們不能再失敗了。必須在剩下兩次的搜尋裡，找到兩個人的答案。」

由紀的聲音在裕太耳中空洞地回響著。他已經沒有力氣再思考搜尋項目了，現在他只覺得，不論怎麼努力，他們都不會獲救。

裕太看向氧氣槽上的計時器。

2小時35分鐘

距離謎題的截止時間還有約一個半小時，要是一直想不出答案……屆時的答案——就是死亡。

橫豎都是死，他希望沒有痛苦地迎接死亡。如果接下來什麼事也沒發生，兩小時三十分鐘後，氧氣就會耗盡。缺氧而死會很痛苦嗎……會的話，乾脆用身體去撞牆壁，觸電而死吧。但是，牆上的電流有強到足以致人於死地嗎？

「怎麼辦？必須想想辦法，想想辦法……」可以聽見由紀在嘀嘀咕咕。

裕太抬起目光，發現由紀正一邊唸唸有詞，一邊在房裡來回踱步。

如果美奈子還在，會說「別走來走去」嗎？從認識到現在不過數小時，裕太卻不由自主地想起美奈子的種種。

由紀依然搖搖晃晃地走著，裕太漫不經心地注視她的一舉一動。這時，由紀在毫無凹凸的平坦地板上跌了一跤。

「啊！」裕太不禁叫出聲。

聽到叫聲的由紀瞪向裕太。裕太別開目光，佯裝沒有看見。由紀表面上冷靜沉著，但也許其實很不知所措吧。

「我去看看聊天室吧。」

像是想蒙混帶過自己跌倒一事般，由紀走向電腦。

裕太想起由紀跌倒的畫面，忍不住抿嘴偷笑。

雖對由紀很抱歉，但這是他第一次看到她出糗，所以心情很愉快。這種情況下還笑得出來，他也覺得很不可思議。

「騙人的吧！」由紀突然發出怪叫聲。

「發生什麼事了嗎？」

裕太走到電腦前，忠治也緊跟在後。

「怎麼了？」

「你們快看。」

裕太循著由紀的視線看去。

聊天室裡有新留言。看完以後，裕太的腦袋一片混亂。

4號房間：大家好，我們是4號房間～我們五個人都搜尋成功了唷。

截至目前為止從未現身的4號房間寫下留言，內容還是五人都已搜尋成功。

4號房間：奇怪，莫非大家都死了嗎？如果還有哪間房間有人活著，請回答我們吧～我們好寂寞唷～

這則留言顯然和其他房間至今的留言不一樣，簡直像是在玩似的。4號房間很樂在其中嗎？還是遭到處罰後，腦袋不正常了？

「最好小心一點。」裕太說。

「來到這個房間以後，我沒有一刻不小心喔。」

「其他房間還沒看到嗎？」忠治插嘴說。

「我想和我們一樣，都在觀察情況。不過，前提是還活著的話。」

由紀說了這句話後，裕太背部一陣發涼。

4號房間：我想除了2號房間，大家應該都還活著吧，對嗎？

4號房間：大家真謹慎耶。也是，發生了這麼多事情，會變得慎重也是當然的。不過，你們可以相信我唷。來，快向媽媽撒嬌吧。

4號房間：啊～好無聊，好無聊喔。快點有人來陪我玩。

4號房間：既然如此，我只好說出祕密了。現在公布2號房間出題的答案。第二代〇〇七做過的事情是「結婚」，搜尋項目是「已婚」或「未婚」。

裕太等人瞠目結舌。4號房間說不定真的五人都搜尋成功了。

「怎麼辦？」

「先等等，再觀察一陣子。」

裕太等人的視線全牢牢定在螢幕上。

4號房間：總結，還未搜尋成功的人請看這裡，五個搜尋項目相當隨便。但是，有兩個既定的關鍵人物。要找到關鍵人物真是有點辛苦呢。

1號房間：我們剛打開聊天室。你們真的五個人都搜尋成功了嗎？

4號房間：那句話沒有意義吧？

1號房間：什麼意思？

4號房間：就是剛打開聊天室這一句，沒有意義呢。

1號房間：4號房間說你們五個人都搜尋成功了，是真的嗎？

4號房間：我們不會說謊，要不然我把所有搜尋項目都寫出來吧？

1號房間：那就請你告訴我們。

裕太等人望著螢幕，事態越變越有趣了。如果4號房間中了1號房間的挑釁，說出所有搜尋項目的話，裕太他們能夠離開這裡的機率就會變高。

4號房間：第一是「出生年」，第二是「已婚」或「未婚」，第三是性別「男」或「女」。這三個搜尋項目除了關鍵人物外，誰來搜尋都可以。關於關鍵人物，藝人和穿西裝的人，這兩個人的搜尋項目是固定的。藝人的關鍵字是「名字」，問題在於穿西裝的人……不過，這個不要寫出來比較好吧？

裕太眼睛眨也不眨地盯著螢幕瞧。對方說的話可以全盤相信嗎？感覺就像考試期間，有人傳來了答案卷一樣。如果對方的留言是真的，那麼裕太的搜尋項目就是「男」……

1號房間：也告訴我們上班族的搜尋項目吧。

4號房間：1號房間應該知道吧？

1號房間：不知道。

4號房間：我們看過舊訊息喔，你們問了奇怪的問題吧？

1號房間沒有回覆。

4號房間：啊，沉默了！怎麼辦呢？都沒有人在好無聊，乾脆睡到時間結束吧。

一直心浮氣躁地望著螢幕的由紀終於敲打起鍵盤。

3號房間：我們可以相信你嗎？
4號房間：用阿宅用語來說，就是出現了——（。A。）——！我一直很想見你們呢，可愛的笨蛋們。

看到留言，由紀挑起眉。
「別感情用事。」裕太擔憂地安撫。
「我沒事。這種挑釁……我已經習慣了。」
由紀大口深呼吸後，面向電腦。
3號房間：請救救我們，告訴我們搜尋項目。
4號房間：那麼，我繼續公布吧。

3號房間：拜託你了。
4號房間：我接受你們的拜託。穿西裝的人的搜尋項目是……
1號房間：你真的要告訴他們嗎？
4號房間：是啊，遊戲人多才好玩。
1號房間：真的好嗎？你真的要告訴他們？

由紀、裕太和忠治都焦急地等著4號房間的留言。

4號房間：1號房間，別阻撓我，這樣子只是自尋死路喔。你明白嗎？
1號房間：什麼意思？
4號房間：如果其他房間全部陣亡，遊戲就不成立。要是變成無效比賽，你認為會有什麼下場……？管理員這麼說過——如果想平安回家，只能贏得比賽。無效比賽並不算是贏了。2號房間已經出局，5號房間又下落不明，所以若不讓3號房間活下來，我們就有麻煩了。
1號房間：意思是讓他們當冤大頭嗎？
4號房間：你們猜到謎題之後的比賽了吧？雖然不清楚規則，但我們需要弱者，所以3號房間是重要的客人。

1號房間：我知道了。

4號房間：3號房間，你們幾個人成功了？

看完留言，由紀的肩膀微微發抖。她正強忍著怒意吧。4號房間會伸出援手，並非基於親切，而是為了讓自己得救，打算犧牲這個房間。

「換我吧。」

裕太說完，將由紀推離電腦前。由紀自尊心甚高，似乎承受不了4號房間帶來的屈辱，臉色慘白。

面向電腦的裕太也很不甘心，但更想知道搜尋項目。

3號房間：有三個人成功，搜尋項目是「出生年」、「名字」、「未婚」。

4號房間：你是誰？

1號房間：我是電影學校的學生。

4號房間：搜尋成功了嗎？

3號房間：還沒有。我們還有兩次搜尋機會，剩下我和上班族未搜尋成功。

4號房間：那不能再失敗了呢，真是緊張刺激。好像希區考克的電影，比如說《死刑台與電梯》。

3號房間：那是路易·馬盧的作品吧？
4號房間：開玩笑的啦。說到開玩笑就想到碧玉，《在黑暗中漫舞》——！
3號房間：請告訴我們搜尋項目。
4號房間：你的搜尋項目是「男」喔。
3號房間：那上班族的搜尋項目呢？
4號房間：之後再告訴你，你先搜尋吧。

裕太轉頭看向由紀。

由紀點點頭。

「可以相信他們嗎？」忠治神色不安地問。

也有可能是陷阱。至今他們已經互相欺騙過好幾次，雖覺得4號房間的留言具有可信度，但還是無法肯定。

「妳覺得呢？」他再一次看向由紀。

「只能試著相信對方了。」

「也是。」

聽了由紀和裕太的意見，忠治輕輕點頭。

假使4號房間和1號房間想騙裕太他們，會在第二次丸山的搜尋時給予假消息，而非裕太的搜尋吧，因為那樣子在精神上更能造成重創。4號房間對於折磨裕太他們相當引以為樂，既然要折磨他們，想必會選擇打擊更大的做法。照這樣想來，他們會讓裕太搜尋成功，下一次再欺騙他們更能造成打擊。搜尋項目一定是「男」。

裕太從聊天室切換到搜尋畫面。

「確定嗎？」他向由紀和忠治再次確認。

丸山似乎還有意識，但沒有力氣回話。

裕太在搜尋欄裡輸入「男」。

他恍然發覺自己的後背淌滿冷汗。只要按下搜尋鍵，就會出現結果，現在還能更改搜尋項目。但是，他又想不到其他選項。

裕太按下搜尋鍵。

間隔了幾秒。

第九次搜尋，第九次等待。這次搜尋如果失敗，至今的苦苦掙扎就會化作泡影。不只裕太有這種想法，由紀和數小時前還說自己已經死了的忠治也一樣。

Q版河童出現在螢幕中央。

螢幕上出現文字。

恭喜搜尋成功！真是千鈞一髮呢。那麼，列出搜尋結果。

畫面切換至搜尋結果。

「男」[5]的搜尋結果：

①像我們這樣的男孩②二楞子③男兒當大將④男樹⑤男組⑥棒球英雄⑦男人與女人的瞬間⑧男人的自畫像⑨魁!!男塾⑩花男⑪流星花園⑫我是男子漢⑬天—天和街浪子

「這是什麼？」在旁觀看的忠治問。

裕太慢慢從①看到⑬。

「這些是漫畫書名。」

雖然不是全部都曉得，但他看過不少漫畫。看起來多是老舊漫畫，但也有在漫畫咖啡店看過的漫畫。

「又是十三，有十三個選項。」

如由紀所言，共有十三個選項。果然十三這個數字具有某種意義。

「要選哪個好？」

裕太問，由紀和忠治都只是偏過頭。

「我隨便選囉。」

裕太選了③《男兒當大將》這套懷舊漫畫。

畫面上出現了《男兒當大將》的解說。解說結束後，又回到搜尋畫面，原本有著裕太大頭照的地方變成了數字「3」。

4號房間的留言沒有騙人。但搜尋成功後，裕太也開心不起來。既然留言是真的，代表4號房間說的都是事實。這也就意味著，之後裕太他們將會輸掉比賽。

5 原文中每個選項都包含有「男」。

氧氣存量剩兩小時，解謎時間再一小時就截止。搜尋機會剩下一次，只有丸山還未搜尋成功。

裕太看向橫躺在地板上的丸山，他迷濛的目光在半空中游移。

「情況很不妙吧？」

由紀似乎也在想同樣的事情，對他說道。瞬間，裕太縮起身子。

「你怕我嗎？」

「不是，因為妳突然跟我說話……」

裕太這麼說著搪塞帶過，但其實很怕由紀。

「丸山先生要是死了，至今的辛苦就泡湯了。」由紀只說了重點。

「上聊天室問問他們吧。」

自從發生美奈子那件事，裕太都不敢正眼直視由紀。

4號房間不見得接下來也會告訴他們正確資訊，而且肯定會辱罵他們，寫下挑釁意味濃厚的留言。他們以挖苦別人取樂。但是，現在不是顧面子的時候，必須拋下自尊心。

黑澤明執導的《七武士》中，為了保護村子僱用武士時，有村民擔心武士會不會調戲村裡的姑娘，長老於是怒斥：「腦袋都要飛走了，還擔心鬍子做什麼！」

現在不是擔心鬍子的時候。裕太敲打鍵盤。

3號房間：我用「男」搜尋成功了。總之，先向你們說聲謝謝。

4號房間：不用道謝。你們要是死了，是我們有麻煩。你們是貴重的誘餌。

3號房間：既然如此，你們可能要面臨糧食危機了。

4號房間：什麼意思？

3號房間：我們房裡有人身受重傷，是上班族。他還沒有搜尋成功。

4號房間：那個男人是重要人物，情況很危急嗎？

3號房間：隨時有可能斷氣。

4號房間：那就告訴你們最後一個搜尋項目吧？

3號房間：請告訴我們。

4號房間：在那之前，先聊一下天吧。你猜我們為何能這麼輕易就搜尋成功？

3號房間：我們沒有時間聊天了。
4號房間：先聽我說嘛。
3號房間：上班族一死，我們就完蛋了。
4號房間：要是他心跳停止，就把他按向有電流的牆壁吧。用電擊讓他活過來。
3號房間：你這是胡說的吧？我沒有醫學知識，但至少知道這不可能。
4號房間：連開玩笑的閒情逸致也沒有嗎……
3號房間：沒有。
4號房間：真不好玩。和我聊天，放鬆一下吧。
3號房間：我們沒有那種時間。告訴我們！
4號房間：那是有求於人的態度嗎？
3號房間：拜託你，告訴我們。我們這個房間要是陣亡，你們也有麻煩吧？
4號房間：啊，態度變強勢了。感覺真差。
3號房間：快告訴我們！
4號房間：你們就算死了，我們也不痛不癢喔。只要和其他房間比賽就好了。
3號房間：這樣真的沒關係嗎？
4號房間：我改變主意了。3號房間，態度太差了。交涉中止。

「糟了！」

裕太態度變得強硬後，得罪了4號房間。

聊天室裡不再有新留言，1號房間也沒有任何動靜。

「陪他聊天吧。」由紀從旁說道。

裕太輕輕點頭，再度在聊天室裡寫下留言。

3號房間：我陪你們聊天吧。

4號房間沒有回覆。

要再寫一次留言嗎？裕太十分煩惱。如果要寫，又要寫什麼才好？「是我不對，我向你道歉，所以請救救我們。」像這樣順勢道歉比較好嗎？儘管看不見對方，但自己分明沒錯卻要道歉，感覺真的很不痛快。

「還不知道搜尋項目嗎？」忠治急迫的話聲傳來。

裕太回過頭，便見忠治陪在丸山身邊。

「再等一下。」由紀回答。

裕太將視線轉向螢幕。

4號房間留言了。

4號房間：我們很閒，想要有聊天的對象。而且，這些閒聊是有意義的喔。

3號房間：希望是。

4號房間：搜尋項目很隨便。將我們關在這裡的目的，並不在於解謎。

3號房間：不然是什麼？

4號房間：目的是之後的比賽，但前提是你們能走到那一關的話。

3號房間：你真的想讓我們走到那一關嗎？

4號房間：當然。剛才我忘記說了，我說的搜尋項目很隨便，是指沒有關鍵字的那三個人。藝人和穿西裝的人都有既定的關鍵字。

3號房間：藝人是名字，我們已經搜尋成功了。

4號房間：這個答案連猴子也知道。對了，3號房間知道之後要比的比賽是什麼嗎？

3號房間：我們連比賽前的謎題都還解不開。

4號房間：搜尋只剩一個人吧？別急，時間還有四十分鐘以上。

看到對方說別著急，反而更讓人心急。即使時間還有四十分鐘，但丸山一死，一切就結束了。

裕太緊緊咬唇。自從被關進這個房間，他一直感到懊悔不甘。甚至覺得被關在這裡，就是為了看清自己的無能為力。

4號房間：其實穿西裝的人的搜尋項目最重要，而且最難。

1號房間：你最好別再說下去了。

大概是再也無法忽視4號房間的留言，1號房間插話進來。

4號房間：重要的事情我不會說，我們又不是笨蛋。

1號房間：大意是禁忌。一旦3號房間知道答案，他們也有可能扭轉局面。

4號房間：1號房間，不小心說溜嘴了吧。你們的情況單憑西裝的搜尋就會遭到扭轉嗎？

1號房間沒有回答。

3號房間：1號房間好像不願回答，話題可以拉回我們這邊嗎？

4號房間：沒問題。我們會發現之後的比賽是什麼，純粹是運氣好。我們偶然發現了上班族的搜尋項目。

3號房間：怎麼知道的？

4號房間：我們選擇了上班族作為第一個搜尋者。第一次搜尋後，E.T.說了什麼？

「E.T.？」

裕太十分在意4號房間留言中說的「E.T.」。他猜是搜尋後出現的Q版角色，但這個房間是「河童」。他想2號房間是「小鬼」。

4號房間：難道你們忘了E.T.說的話？

3號房間：我們這裡是河童。

4號房間：這樣啊，是河童嗎？看來每個房間的角色都不一樣。

3號房間：有什麼意義嗎？

4號房間：言歸正傳吧。第一次搜尋以後，河童說了什麼？

3號房間：一定會讓我們成功。

4號房間：沒錯，所以我們知道了最難的上班族的搜尋項目。在哪個階段知道這個搜尋項目，會大大左右接下來比賽的輸贏。

3號房間：我們是最後才知道。

4號房間：你們真的運氣很不好，條件最為不利。

1號房間：該告訴他們搜尋項目了吧？我們也猜到比賽是什麼了。
4號房間：1號房間，回來啦。你們很害怕我們要說什麼嗎？
1號房間：對。
4號房間：很好，這麼誠實。1號房間的角色該不會是熊貓？
1號房間：你怎麼知道？
4號房間：好啦，該告訴你們穿西裝的人的搜尋項目了。
3號房間：等很久了。
1號房間：4號房間，角色有什麼涵義嗎？
4號房間：追究這個話題會自掘墳墓喔。
1號房間：那就不妙了，角色的話題就此打住吧。
4號房間：現在先把注意力放在3號房間身上吧。
3號房間：謝謝。
4號房間：至於穿西裝的人的搜尋項目，我記得是「白領族」……
3號房間：真的是「白領族」嗎？
4號房間：對啊。
1號房間：騙人！3號房間，別被騙了。
3號房間：1號房間，既然你說4號房間騙人，那就告訴我們真正的搜尋項目。

1號房間：搜尋項目是「suit」。

3號房間：suit？

1號房間：我之前問過你，上班族是不是穿西裝吧？就是想知道有沒有人穿suit（西裝）。

4號房間：啊～1號房間又想騙3號房間了。

1號房間：我這次沒有騙人，一定要相信我們。要用「suit」去搜尋。

4號房間：別被騙了。哪一邊才能相信呢？

裕太反覆看了好幾次留言。丸山的搜尋項目是「白領族」，還是「suit」？1號房間和4號房間其中一方在說謊。不，也有可能兩邊都在撒謊。

「妳覺得呢？」

左右為難的裕太轉過頭，向由紀徵詢意見。

「不行，我不曉得。」

「是嗎……」

裕太再次看向螢幕。

1號房間：3號房間，這次你一定要相信我們，上班族的搜尋項目是「suit」。

3號房間：我們已經被騙好幾次了，無法馬上相信你們。
4號房間：我們可沒騙人喔。
3號房間：你們第一次說了實話，但不代表第二次也會吧。
4號房間：啊～疑心病真重，這也全要怪1號房間吧。
1號房間：接下來的比賽，我們大概贏不了4號房間吧。所以希望3號房間能留到那時候，我們不會說謊。
3號房間：也就是誘餌嗎？
1號房間：不單是這樣。等這個搜尋成功，你們應該就明白了。一旦發現接下來的比賽是什麼，及早知道「穿西裝的人」的搜尋項目的房間會比較有優勢。
3號房間：有根據能證明「suit」是正確答案嗎？
1號房間：那個上班族穿著西裝吧？所以是suit。
4號房間：1號房間真是拚命解釋耶，不會是在騙人吧？
1號房間：3號房間，相信我們。
4號房間：對了，你們聽了音樂嗎？
3號房間：音樂？
4號房間：為了獎勵搜尋成功，可以從十三首曲子中選一首吧。
3號房間：想起來了。聽了。

4號房間：曲名叫什麼？

3號房間：祕密。

4號房間：真小氣，我們這邊是Queen的〈BOHEMIAN RHAPSODY〉。

4號房間一說曲名，裕太就想起來了。美奈子搜尋成功後，獎勵他們的曲子選項中，有Queen的〈BOHEMIAN RHAPSODY〉。

「奇怪了？」

「怎麼了？」由紀問。

「裡頭沒有數字，Queen的〈BOHEMIAN RHAPSODY〉並沒有數字。」

「真的耶。」

但是，現在沒有時間慢慢深思。1號房間寫下留言。

1號房間：4號房間，拜託你們別鬧了。3號房間，搜尋項目是「suit」，絕對沒有錯。快用「suit」搜尋。

3號房間：可以相信你們嗎？

1號房間：快用「suit」搜尋，時間所剩不多了。

4號房間：1號房間，那就告訴他們「suit」有什麼意思啊？

1號房間：就是西裝。

4號房間：只有這樣嗎？

裕太看著留言側過臉龐。對話當中應該藏有解開謎底的提示，必須判斷搜尋項目是「白領族」還是「suit」，或是兩者以外的答案。

「不好了！」

忠治的大叫聲從後頭傳來，裕太與由紀回過頭。

照看著丸山的忠治一臉泫然欲泣。

「怎麼了？」由紀問。

「他好像撐不下去了。」

由於太專注在聊天室的對話，他們都沒有留意丸山的情況。

裕太和由紀急忙跑向丸山，丸山已經沒有呼吸。

「他死了。」

裕太將耳朵貼在丸山胸口上，聽不見心跳聲。

「怎麼樣？」

裕太緩緩搖頭。

「要不要試著把他撞向牆壁？」

「不。」

裕太說完回到電腦前，將螢幕的畫面從聊天室切換到搜尋頁面。丸山的大頭照原封不動，還沒有宣告出局。

裕太再走回丸山前頭，將他抱起來。

「你想做什麼？」

「讓他搜尋。」

「怎麼搜尋？他死了喔。」

「至少要試試看。」

說著，裕太抱起丸山，站到電腦前面，然後握住丸山的手，用他的手指敲打鍵盤。搜尋項目裡輸入了文字。

「還可以搜尋。」

雖然抱著屍體這種教人作嘔的事情他一輩子也不想經歷，但現在顧不得那麼多了。更何況說不定自己也很快就會變成屍體。

「你知道搜尋項目是什麼了嗎？」忠治用錯愕的聲音問。

「我已經決定好了。」

「白領族嗎？」由紀問。

「suit。」

「你要相信1號房間嗎？」

「他們之前曾三番兩次在留言裡問上班族是不是穿『西裝』吧？所以答案是『suit』。」

「可是……」

「沒有時間了，不曉得搜尋可以持續到什麼時候。現在只能賭了。」

「要是錯了怎麼辦！」由紀歇斯底里地質問。

裕太無視她的吶喊，在搜尋欄裡輸入「suit」。他第一次發現原來自己這麼當機立斷。要是這次搜尋失敗，一切就完了，但已沒有時間猶豫。

「小野寺！」

聽著由紀的大喊，裕太毫不遲疑地按下「搜尋」鍵。

一瞬之間，他從眼角餘光中瞥到由紀，她的臉色和丸山一樣慘白。

經過長長的時間之後。

「結果到底怎樣！」忠治大喊，緊張感到達了極限。

緊接著，螢幕上出現Q版河童。

恭喜搜尋成功。真是千鈞一髮，好險好險。

那個大叔勉強還算活著喔，但也不曉得還剩下幾分、幾秒鐘……

最好快一點，首先選擇喜歡的號碼吧。

螢幕上出現數字一到十三。

這些數字有什麼意義嗎？裕太回想聊天室的內容，當中應該藏有提示才對……

1號房間說過裕太他們還有扭轉局面的機會。雖不曉得自己一行人現在處於什麼狀況，但依這次選擇的數字，也許能夠在接下來的比賽中獲勝。

十三個選項、suit、河童、E.T.……這些有什麼關聯嗎？

「我知道了！」由紀大叫。「4號房間選的曲子是Queen的〈BOHEMIAN RHAPSODY〉，裡頭雖然沒有數字，但有可以代替數字的單字喔。就是Queen。」

「Queen。」

裕太的大腦急速運轉，想起了某樣東西。十三個選擇，其中有Queen。

「是撲克牌嗎？」

「我們就等於是五張撲克牌喔。」

「五張撲克牌的遊戲……？」忠治說。

裕太的腦海裡浮現撲克牌的畫面。

這時，螢幕上的數字消失，河童再度出現。

感謝各位努力到現在。不過，大叔的生命跡象消失了。
很遺憾，如果沒有選擇數字，就不算是搜尋成功。
讓你們空歡喜一場了呢。不過——GAME OVER——

螢幕上無情的文字映在裕太眼中。
怎麼會這樣？都到這一步了，卻就此結束嗎？
「怎麼了？」
由紀問，裕太不語地看向螢幕。
看見螢幕後，由紀短促地叫了一聲。忠治失神地呆站在原地。
出現在螢幕上的文字是——GAME OVER——
「結、結束了嗎？」由紀低聲說。
裕太無法回答。
五個人都搜尋成功，也還剩下一點時間，一切卻結束了嗎……
死亡般的靜謐籠罩整個房間。
結局乾脆到教人意外。
接下來只能無所事事地等著死亡到來嗎……
「我、我不要……我絕對不要……」由紀呆愕地死死盯著螢幕。

在絕望的同時，裕太也感到安心。接下來只要等著死亡到來就好，不用再受折磨了吧，至少不必看見自相殘殺的場面。一放下心來，裕太鬆手讓丸山的屍體掉落在地。結束了。一切都……結束了……

「還沒……」

由紀的聲音聽來像來自地獄。

「咦？」

「還沒有結束！」

看得出由紀的身體突然恢復力氣，就像是氣球灌了空氣似的。

裕太看向螢幕，河童正在笑。

大叔好像活過來了。不過，我想不會維持太久喔。

看來是掉到地上後，丸山的心臟因而受到衝擊，重新活了過來。

「快點讓他選數字！」由紀大喊。

裕太想也不想地抱起丸山的身體，讓他面向鍵盤。

「糟了！」

丸山的手指卻不小心碰到鍵盤。螢幕不知何時已切換到選擇畫面，陷入昏迷的丸山碰到了按鍵「７」。

畫面再度切換，螢幕上出現「請選擇花色」，接著出現圖案「♠、♣、♥、♦」。

花色的英文就是suit吧，這個只要用滑鼠點選就好了。如果之後要進行的比賽是撲克，只要能統一卡片的花色，起碼可以搭配出同花。

裕太正想移動丸山的手指時，他的身體卻摔在鍵盤上。

「啊！」

不曉得丸山的身體按到了哪裡，畫面又一次切換，一開始放有五人照片的地方都變成了撲克牌。

裕太的「３」變成「♣３」。

由紀的「５」變成「♣５」。

忠治的「W.C.」變成「♥３」。

丸山的「７」變成「♠７」。

美奈子的「For Positive Music」變成「♦４」。

數字是每個人先前選好的，但丸山摔在鍵盤上後，就這麼決定了撲克牌的花色。但有個地方讓人不明白，為什麼忠治的「W.C.」會變成「♥３」？只有這個「３」不是他本人選的。現狀恐怕已經無法改變，但裕太還是很在意。

河童再度出現在螢幕中央。

一路到此，辛苦你們了，這次大叔的生命跡象真的消失了。

敬請節哀。

我簡單說明一下。Suit這個單字除了西裝外，也是指撲克牌的花色，亦即黑桃、梅花、紅心和方塊。我想這個大家都知道。

沒想到五組中有四組成功解開了這麼困難的謎題。此外大家應該也都知道，2號房間已經出局。

敬請節哀。

不過，他們居然異想天開地想要引爆氧氣槽好逃離這裡，倒是讓我相當感動。在比賽開始前還有一點時間，各位就先休息一下吧。還有，聊天室會一直開放到謎題的截止時間。其實只要五個房間齊心協力，這個謎題根本易如反掌。但是，人類就是會互相欺騙……身為局外人的我看得非常開心。那待會見！

裕太渾身虛脫無力，頹坐在地。得救了。不，說得救還太早了。若不贏得比賽，就無法離開這裡。

「我知道比賽是什麼了。」裕太平靜地說。

「是撲克吧？」由紀立即回答。

「妳怎麼知道？」
「用五張撲克牌玩的比賽，我只知道撲克。」
「是嗎……」
「小野寺怎麼知道的？」
「是Q版角色。1號房間是熊貓，2號房間是小鬼，我們這裡是河童，4號房間是E.T.。雖不曉得5號房間是什麼，但我猜是海獺或拉頓。」
「這些哪裡和撲克有關了？」
「就是這些角色羅馬拼音的第一個字母。熊貓（Panda）是P，小鬼（Oni）是O，河童（Kappa）是K，E.T.是E，5號房間如果是拉頓（Rodan）就是R，合在一起就是POKER。」
「這樣啊……」
由紀反應冷淡地回道。裕太雖然得意洋洋地解說，但就算發現這些事，如今也無濟於事。
對話就此中斷，沉默降臨。
裕太看向氧氣槽上的計時器。
1小時13分鐘
距離謎題的截止時間還有一點緩衝。

丸山的屍體倒在地板上。

裕太將丸山的遺體搬到房間角落。

人看到另一個人的屍體會感到不快，聽說是大腦本能地在抗拒屍體。雖然不想變成那個樣子，但人有朝一日都會變成不再動彈的屍體，只是大腦不想承認這一點。

「我知道了。」

坐在地上沉思良久的由紀突然開口。

「妳知道什麼了？」

「就是W．C．為什麼會變成紅心3。」

說完，由紀開始敘述她的見解。

「要把W和C分開來想，W是花色，C是數字。首先從簡單的數字開始，C是第三個英文字母，所以數字是3。接著是花色，也是從A開始依序將黑桃、梅花、紅心和方塊套進英文字母，第五個字母E又會輪到黑桃。照這樣算下去，W是第二十三個英文字母，最後會輪到紅心，所以W．C．是紅心3。」

「依妳這個規則，只有漫談先生從一開始就決定好撲克牌內容了吧？」

裕太說出心頭湧現的疑惑。

「對啊，那又怎麼了？」

「如果兇手將我們每個人都設定成一張撲克牌，讓我們進行撲克比賽，從一開始就不能更改內容，不會很奇怪嗎？」

「把我們關在這裡的那群人腦袋都有問題，常理不適合套用在他們身上。」

由紀這麼說，但裕太不贊成她的看法。他確實不太能理解做出這種超乎常理行為的人，但偏偏這類人更容易有一般常人無法理解的「執著」吧？將裕太他們關在這裡的兇手，在所有房間中都安排了穿西裝（suit）的人和藝人。五人中有四人搜尋成功後，更讓他們從十三個選項中選出數字，那為什麼要安插一個從一開始數字就已確定的人呢？

裕太苦苦尋思，卻想不出解答。

裕太回憶起了電影學校劇本課講師說過的話。

「電影最重要的就是劇本，尤其是開頭。如果不在開頭就吸引觀眾的目光，不論後半段再怎麼有趣，觀眾都會斷定拍這部電影的人沒有能力，不會用心欣賞。其次是結尾，結尾不精采刺激的電影也不行。即使拍出有趣的電影，結尾要是不夠高潮迭起，看完以後就不會感到心滿意足。」

如果將這個房間發生的事寫成劇本，讀完劇本的製作人會這麼說吧：

「謎題截止後出現了一段空白呢。」

裕太看向氧氣槽上的計時器。

0小時37分鐘

猜謎截止後已經過了二十三分鐘。期間除了無法使用聊天室外，什麼也沒有發生。

管理員沒有寄信過來，也沒有說明即將要進行的比賽。當然，比賽也尚未開始。只有時間一分一秒流逝，剩餘的氧氣量越來越少。

忠治心神不寧地在房內踱步，由紀緊瞪著電腦螢幕。

倘若繼續毫無進展，裕太他們都會窒息而死。

「到底怎麼回事？」由紀忍受不了沉默地開口。

「兇手該不會想直接殺了我們吧！」忠治跟著歇斯底里地猜測。

「我們有哪裡做錯了嗎？」

「我想並沒有……」

裕太與由紀互相對視。

接下來就算進行比賽，裕太他們存活下來的可能性也非常低。但是，兇手不給個痛快也讓人很痛苦。無法使用聊天室後，也無從知曉其他房間的現況。儘管大家都在聊天室裡互相欺騙，但光是知道有人的境遇與自己相同，就能成為心靈的莫大支柱。

忠治正雙手合十祈禱。真難想像數小時前還想自殺的男人會這麼做。如果有人想自殺，只要將他們帶來這個房間，十二小時過後，他們離開時大概就會真切感受到活著的喜悅吧。

電腦傳來輕快的旋律。

氧氣槽的計時器顯示著0小時25分鐘，說長不長，說短不短。將裕太他們關在這裡的兇手，完全是隨心所欲地在進行比賽。

裕太他們死死盯著螢幕瞧。

畫面上出現了像在嘲諷人的管理員寒暄和比賽說明。

【主辦人寒暄】

哎呀～讓各位久等了嗎？真不好意思，因為剛好是晚餐時間。只要贏了遊戲，大家也能平安回家喔。啊，不能再閒聊了，我發現氧氣量只剩下不到三十分鐘呢！那麼開始說明比賽。

【比賽說明】

大家要進行的比賽就是撲克。解開謎題，看到螢幕上的照片變成撲克牌時，我想大家也都猜到了吧。那麼開始說明規則。

撲克牌中A最大，接著依序是K、Q、J、10、9、8、7、6、5、4、3、2。一般花色不會分大小，但這個比賽我就是規則，所以為免之後出現爭議，這裡也會為花色分大小。最大的是黑桃，接著是梅花、紅心，最後是方塊。可能也會罕見地出現相同牌型，屆時就算平手，兩邊都得死亡。

接著依照大小介紹牌型：

一、Five of a kind（五條）

例：♠A、♣A、♥A、♦A、Wild Card。

二、Royal Straight Flush（同花大順）

例：♠A、♠K、♠Q、♠J、♠10。

三、Straight Flush（同花順）

例：♠4、♠5、♠6、♠7、♠8。

四、Four Card（四條）

例：♠A、♣A、♥A、♦A、其他。

五、Full House（葫蘆）

例：♠2、♣2、♠7、♥7、♦7。

六、Flush（同花）

例：♥5、♥7、♥8、♥J、♥K。

七、Straight（順子）

例：♠3、♣4、♠5、♥6、♦7。

八、Three of a kind（三條）

例：♠7、♥7、♦7、其他、其他。

九、Two Pair（兩對）

例：♠2、♣2、♠5、♥5、其他。

十、One Pair（一對）

例：♠7、♥7、其他、其他、其他。

【輸贏】

兩組隊伍確認完畢後攤牌，牌型較大的隊伍獲勝。

其中一組隊伍若是蓋牌，另一組隊伍就算獲勝。

其中一組隊伍若是沒有生命跡象，另一組隊伍就算獲勝。

【比賽可無限下注】

此比賽可無限下注，加注的次數沒有限制。重點忘記說了，籌碼就是時間。請各位好好想想這是什麼意思再比賽吧。

【最後】

此比賽沒有莊家，採取房間對抗賽。第一回合的兩場比賽分別是1號房間對5號房間，以及3號房間對4號房間。

規則說明到此結束。啊，沒有時間了呢，不曉得能不能順利進行到第二回合……那麼，比賽開始。

裕太他們猜對了，這是人體撲克。電腦螢幕切換後，出現了代表裕太他們的撲克牌。

♣3、♥3、♦4、♣5、♠7。

旁邊是「Raise」、「Fold」、「Hurry」、「Check」、「Wild Card」等英文單字。

裕太他們的牌型是一對三，對戰對手偏偏還是4號房間。

「妳覺得一對能贏嗎？」裕太看向由紀。

由紀沒有回答，緊緊盯著螢幕。

「不可能，絕對贏不了。什麼嘛，受了這麼多折磨，結果還是要被殺死嗎？」忠治說著坐倒在地。

「小野寺，你會玩撲克嗎？」

「不，不算很會……」

「撲克應該可以交換其中幾張手牌吧？」

「換牌撲克（Draw Poker）可以，但也有撲克只能用拿到的五張牌決勝負。」

「你覺得這個比賽是哪一種？」

「恐怕是不能交換的那種。」

「為什麼？」

「撲克牌旁邊有一排字，對吧？」

「你是說『Raise』和『Fold』那些字？」

「那是撲克術語。『Raise』是加注，『Fold』是退出比賽，『Hurry』我猜是催促另一方快點的意思，『Check』是不再追注。」
「也就是攤牌決勝負吧？」
「如果這個比賽是換牌撲克，旁邊應該會有代表交換手牌的『Draw』這個字。既然沒有，就是不能交換吧。」
「只能用這個組合決勝負了呢。」
「這叫做牌型。」
「咦？」
「撲克牌的組合就叫做牌型。對喔……所以1號房間才……」
裕太想起了1號房間不小心在聊天室裡寫下的留言。
「怎麼了？」
「1號房間說過我們還有逆轉局面的可能性吧？」
「嗯……」
「如果我們在那時候就知道比賽是撲克，就可以組出更大的牌型了。至少能組出同花。」
「為什麼？」
「最後選擇花色時，只要五張手牌都選擇同樣的花色就好，這樣一來就有同花。」
「……應該沒辦法吧？」

「為什麼？」裕太反問。

「好像只有漫談先生那張手牌早就依縮寫決定好了。」

「對喔，還有這一點。」

「不過，1號房間也許沒有想到那麼多。如果先前是刻意阻撓我們，那就可以猜出1號房間的牌型。」

「他們不希望我們組出同花，換句話說，是比同花還小的牌型。」

「也就是順子、三條、兩對和一對其中一種吧。」

「就算知道是什麼牌型又能怎樣？」坐在地上的忠治噘起嘴說。「一旦這場比賽輸了，我們都會死。1號房間是什麼牌型和我們又沒有關係。」

忠治說得沒錯。若不贏過4號房間，裕太他們就會死。其他房間是什麼牌型，如今根本無關緊要。

裕太看向氧氣槽的計時器。

0小時13分鐘

氧氣存量只剩下十三分鐘。

「這是什麼意思啊？」聽到由紀的聲音，裕太看向螢幕。

「Hurry」一詞在明滅閃爍。

「是4號房間在催促我們。」

「怎麼辦？」

「只要按下『Check』決勝負，比賽就結束了。」

「我們會輸吧。」

「也就是死定了。」忠治自暴自棄地說。

「怎麼辦？」

人在窮途末路的時候會想些什麼呢——裕太衝口說出了平常自己絕不會想到的話。

「我們故意找碴吧。」

「咦？」由紀完全不明白裕太在說什麼。

「4號房間之前一直在耍我們，所以最後我們就賭上性命，別讓他們稱心如意。」

「你要做什麼？」

螢幕上「Hurry」不斷閃爍。

「你們也看了比賽說明吧，籌碼就是時間。所以……」

裕太點下「Raise」，「Hurry」的燈光熄滅。

「你剛做了什麼？」

「所以我加注了籌碼。」

「簡單地說明一下。」由紀不耐地催促。

「4號房間是最早猜到謎題答案和比賽的房間，所以一直在等著比賽開始。他們想必恨不得盡快結束這種無意義的比賽，離開這裡，所以才會按『Hurry』鍵，催促我們按下『Check』，然後贏得比賽回家。」

「這我也知道，所以小野寺你做了什麼？」

「所以他才故意找碴。」回話的是忠治。

「只要我們不按『Check』，就無法分出勝負，再按下『Raise』就能拖延時間。」

裕太補充說道。

「但這只是無謂的抵抗吧？」

「沒錯。我們的牌型根本沒有勝算，所以只能儘可能折磨對方。」

聞言，由紀皺起眉頭。

裕太心意已定。事已至此，他要和4號房間同歸於盡。只要他們不按「Check」，就無法分出勝負。既然籌碼是時間，直到氧氣沒了為止，都能不斷往上加注。就算最後兩個房間都窒息而死，他也不後悔。

由紀和忠治大概也感受到了裕太的決心，雙雙啞然失聲。

「Hurry」又開始明滅閃爍。

裕太鐵了心再度按下「Raise」，由紀和忠治也只是看著。他的行為也許很不正常吧。如果裕太按下「Check」，4號房間的五人就能得救。他的行為不是自殺，顯然是殺人。他很清楚，卻還是沒有犧牲奉獻的精神，不肯犧牲自我好讓4號房間所有人能獲救。

「我們就要死了嗎？」

由紀問，裕太沒有答腔。

裕太曾想過如果自己某天會死，要在死之前向由紀告白，但真正面臨這種狀況後，卻什麼也說不出口。對鍾情的女性表白「我喜歡妳」，也許比死亡還需要勇氣。

氧氣槽上的計時器倒數不到一分鐘。

59秒、58秒、57秒……

奇怪的是，一點也沒有氧氣變得稀薄的感覺。

「Hurry」再度一閃一爍。

裕太無視4號房間的催促，出神地凝視由紀的側臉。冷不防有人衝過來，將裕太撞離電腦前。

什麼！

兇手是忠治。他緊盯著螢幕，試圖操作電腦。

「就算跟對方一決勝負也贏不了喔。」裕太勸道，但忠治充耳不聞。

這時，忠治的頭部晃動了一下。

「？」

緊接著忠治在裕太眼前倒下。裕太起先還以為忠治是缺氧而死，但並不是，原來是由紀使出了上鉤拳攻擊忠治。忠治怎麼也想不到這種時候會被攻擊，轉眼間就倒在地上動也不動。

「川瀨……」

「我才不要和4號房間一較高下，我要和他們同歸於盡……」

裕太很開心。兩人約會時總是意見不合，終於在最後心靈相通。

裕太看向氧氣槽的計時器。

氧氣存量剩不到十秒。

9、8、7、6、5、4、3、2、1、0……

計時器數字已顯示為零，但裕太和由紀還活著。忠治雖倒在電腦前，但也還有生命跡象。

「怎麼回事？」由紀喃喃自語。

「不知道……」

什麼也沒有發生，表示他們得救了嗎？還是早就死了……

「你看！」由紀指向螢幕簡短地大叫。

「啊……！」

螢幕上顯示著比賽結果。

第一回合，4號房間已死亡，因此3號房間獲勝。

「4號房間死了？」

裕太丈二金剛摸不著頭緒，滿腦子都是問號。

「……我們為什麼還活著？」

4號房間缺氧而死，所以是還活下來的裕太他們獲勝。可是，為什麼裕太他們還活著？氧氣應該已經沒有了……

「難道……」

由紀看向房間角落，目光聚焦在丸山的遺體上。

「十二小時的氧氣是五人份喔。」

「什麼意思？」

「這個房間有兩個人死了，所以還留有一些兩人份的氧氣。」

裕太與由紀面面相覷。4號房間早早就知道了謎題的答案，誰也沒有死亡，所以輸了比賽。

「我們因此得救了嗎……」

裕太和由紀再次看向電腦螢幕。

決賽：1號房間對3號房間

「看來沒這麼簡單放我們回去呢。」

裕太無法附和由紀說的話。即使現在就能回家，他也不會說這很簡單。但這種時候唱反調也於事無補，現實中還有一場比賽。

「為什麼1號房間留到了現在？」

五個房間的條件都一樣，表示1號房間的氧氣應該已經歸零，但他們還活著就表示……

「有人死了吧。」

由紀的話聲在心底迴盪。遭到那個處罰時，由紀瞬間判斷該踢開美奈子的決定並沒有錯。如果她沒有那麼做，裕太他們現在不會還活著吧。

「這是最後一場比賽了。」

1號房間有幾個人活下來呢……如今也只能忍耐，看誰先斷氣了。

氧氣槽上的計時器一直停在零的位置，沒有變化。十二小時結束後，又過了多久？還剩下多少氧氣……一無所知的情況，教人不安得快要崩潰。

螢幕上的「Hurry」開始閃爍，是1號房間在催促他們「快點攤牌」。

「一個人。」

「什麼？」

「1號房間死了一個人，所以快沒有氧氣了。我們只要再忍耐一下就能贏。」

裕太按下「Raise」，「Hurry」的燈光熄滅。

裕太和由紀都沒有開口說話。事已至此，只能打持久戰，他們不想浪費一絲一毫的氧氣。

時間慢慢流逝。

螢幕上還沒有出現結果，1號房間還活著。

快點死吧……裕太這麼祈求完後，心頭大驚。目前為止，他從未發自內心希望他人死亡，一直以為自己的個性還算善良老實，實際上卻有著連自己也厭惡的軟弱。竟然由衷希望素未謀面的1號房間死去……自己心中也潛伏著非人的自私與殘暴。

「Hurry」又開始明滅閃爍。

「為什麼還不死！」由紀大叫。

這個房間的氧氣應該也快要消耗殆盡了。

「跟他們決勝負比較好嗎？」

「靠一對三嗎？」

由紀這麼一說，裕太也沒有自信。他望向螢幕，不管看幾遍手牌都一樣。

♣3、♥3、♦4、♣5、♠7。

如果「♥3」是「6」，就有順子了，那樣也許還有勝算。裕太忽然在意起卡片旁的文字，「Raise」、「Fold」、「Hurry」、「Check」、「Wild Card」。

腦海中似乎想到了某件事情，他卻不清楚那是什麼。

一旁的由紀出現動靜。

「川瀨……」

由紀蹲下後，用眼尾餘光瞪著裕太。

「妳想做什麼？」

「非要我說出來嗎？」

「難、難不成……」

「這是為了得救。」

由紀顫抖的雙手伸向倒地的忠治脖子，打算殺了他。裕太他們無法增加氧氣量，換言之只能別讓氧氣減少。唯一的方法，就是減少吸取氧氣的人。忠治一死，氧氣的使用量就會變成三分之二。

「不、不行……」

「為什麼……這是為了救我們兩個喔……」

「可是……」

視野忽然產生搖晃，裕太當場跪下。

「你、你沒事吧……？」

由紀的聲音彷彿來自遠方。呼吸好困難……是嗎？氧氣量所剩不多了。萬事休矣，這下子真的完了。

轉頭一看，由紀的手也支在地板上。

「我、我不要……」由紀說。「我、我、我不想……死、死在這種地方。」

「已……已經沒有勝算了。」現在連說話也很吃力，但裕太擠出聲音。

「我、我才不放棄……」

由紀爬向忠治，到最後一刻都不願放棄。她打算殺了忠治，用剩餘的氧氣打持久戰。她的雙手伸向忠治的脖子。

再不採取任何行動，他就得再次目睹由紀殺人，而且這次的狀況和上一次大不相同。由紀是親手想要勒死另一個人……

呼吸變得急促，快喘不過氣來，彷彿有人緊壓住胸口。

必須快點想辦法……

4號房間說過丸山和忠治是重要人物。穿著西裝的丸山具有決定花色的作用，那麼忠治也有作用嗎？只有忠治沒有選項，從一開始就是既定卡片。為什麼？

每個房間都有落語家和搞笑藝人，為什麼？

忠治為什麼是重要人物？

忠治的作用是什麼？
為什麼他沒有選項？
為什麼撲克牌內容一開始就決定好了？
固定不變的手牌……固定不變。從一開始就固定不變，沒有選項。莫非……某個字眼浮現至裕太腦海。
「難……」他再度看向螢幕。「難道……」
螢幕上有一個比賽進行時不會用到的單字。「Raise」、「Fold」、「Hurry」、「Check」、「Wild Card」，剩下一個……為什麼會有「Wild Card」？
往旁一看，由紀的手已經放在忠治脖子上。
「不行！」裕太用盡全力大叫。
由紀倒在忠治身旁，看來是沒有多餘的力氣勒緊脖子了。
裕太爬到由紀身邊。
「我、我使不出力氣……」由紀帶著哭腔說。
裕太輕輕點頭。
「決……決勝負的話，說不定能贏……」
「咦？」
「漫談先生……」

「漫談先生？」由紀看向忠治。
「漫淡先生是搞笑藝人。」
「那又……怎麼了？」
「五個房間的條件都一樣，都有搞笑藝人。」
由紀點頭。
「搞笑藝人，就是說笑話的人，所以漫談先生是鬼牌。W.C.不是縮寫，是指Wild Card百搭牌。」
「咦！」由紀看向螢幕。
上頭排列著♣3、♥3、♦4、♣5、♠7五張撲克牌。
裕太大口深呼吸後，握住滑鼠，將指標移動到忠治的「♥3」卡片上。瞬間，卡片的顏色變了。
「果然！漫談先生的卡片可以改變，百搭牌只是暫定，配合最小的手牌數字湊成一對而已。花色肯定也是隨機選的。」
如果能將忠治的「♥3」改成「♥6」，就有順子了。不曉得1號房間是什麼牌型，但拿到順子，勝算就能提升。
視野開始變得模糊，裕太努力集中精神細看，將滑鼠指標對準「Wild Card」按下，但什麼也沒有發生。

「為什麼？」由紀小聲問。
「必須是漫談先生。」
裕太走向昏迷的忠治，將他的手臂搭在自己肩上。
單是移動一點距離，心臟就彷彿快要爆炸。
好、好痛苦……現在一旦倒下，就永遠不會再醒來了吧。
忠治的身體忽然略微變輕。是由紀撐住了忠治的身體。
裕太很想道謝，但不能浪費氧氣。
他從後頭抓住忠治的手，按下「Wild Card」。「♥3」撲克牌變作一面空白，畫面切換。

♠、♣、♥、♦
A、2、3、4、5、6、7、8、9、10、J、Q、K
請選擇。

裕太選了「♥」和「6」。
原先擁有的手牌從♣3、♥3、♦4、♣5、♠7變為♣3、♦4、♣5、♥6、♠7，從一對變成了順子。

「沒問題……了吧……」裕太用不成聲的沙啞聲音說。

由紀點點頭。

他按下「Check」。

「一決勝負吧。」

意識開始飄遠。身旁的由紀倒在地上，忠治也癱在地板上動都不動。

我們就要死了嗎……裕太在朦朧的意識中，最後又看了一眼螢幕。

螢幕上出現了「WIN」。

「贏、贏了嗎……」

裕太的視野變作一片空白。

數小時後

拙劣的薩克斯風樂聲從某處傳進耳中。裕太因這陣音樂醒來，藍天最先映入眼簾。看到天空，他生平頭一次如此欣喜若狂。

「得救了嗎？」裕太低聲說。

由紀驀地探出頭來，擋住了藍天。

「都是小野寺的功勞喔。」

裕太撐起身體，發現自己躺在公園的草坪上。摸了摸左肩，受傷的地方包著繃帶。是將裕太他們關在那間房裡的兇手替他包紮的嗎……

「這裡是哪裡？」

「是井之頭公園。」

由紀回答，但裕太不敢直視她。先前氧氣快要耗盡的時候，如果裕太沒有發現忠治是鬼牌，繼美奈子之後，由紀也會殺了忠治嗎……裕太眼神游移，張望四周。有人在練習薩克斯風、有人帶著小狗散步，還有學生、情侶、小朋友……各式各樣的人都有。

「你看這個。」由紀一臉若無其事，從口袋中掏出手機。

裕太也摸索口袋，找到了手機和錢包。錢包裡頭的東西似乎原封不動，再察看手機的日期和時間，從看電影那天到現在已經過了兩天。當中的十二小時，他們都在那間房裡度過。

「接下來怎麼辦？」由紀問。

「我要回家。」

「我不是這個意思，是指這次的事情怎麼辦？」

「妳要告訴其他人在那間房裡發生的事嗎？」

裕太說話時沒有看向由紀。

「你會報警嗎？」

裕太搖搖頭。

「說了大概也沒人會信吧，我想最好不要報警。」

「你要忍氣吞聲嗎？」

「我不想再和那個房間扯上關係了。川瀨呢？」

「我的想法還是不變，我要抓到兇手。」

裕太很想說那不可能，但終究作罷。不論裕太怎麼相勸，由紀也不會改變主意吧。她的個性就是這樣。

「我記住了不少關於那個房間的事情。像是漫談忠治、在建設公司上班的丸山一彥和他的下屬今井美奈子，以及1號房間的早稻田大學學生。5號房間還有叫做慎太郎的藝人吧。那個房間本身也是找到兇手的重要線索，處罰時的聲音和雷射光……一般人不可能做得出那種東西。」

由紀語氣堅定地說著。

裕太很想忘記一切。可以的話，也想忘了他曾遇見由紀。就像電影《王牌冤家》一樣，真想消除與她有關的記憶。

「小野寺選擇忍氣吞聲吧？」

由紀像在確認地問道。裕太沒有肯定也沒有否定。

「那就此道別了。」

見裕太緘默不語，由紀說完轉身就走。

「再見……」

裕太對著由紀越變越小的背影低語。這輩子不會再見到由紀了吧。

再也看不見由紀的身影後，裕太呈大字形地躺在草坪上。

「這下子一切就結束了……可以回到原來的生活。」

風真舒服。比起人造空間，果然還是大自然要好得多，他甚至不想再走進任何一個房間了。這時，裕太的手機響了起來。手機收到一封簡訊。

「咦？」

寄件者：管理員

主旨：最終結果

裕太不由得坐起身，提心吊膽地打開簡訊。

你最後的選擇非常正確，解放。

「最後的選擇……解放。」

裕太緊盯著手機螢幕。寄件者「管理員」，肯定是將裕太他們關在那間房裡的兇手。簡訊裡說的最後的選擇是什麼意思？裕太只想得到與由紀聊過的「接下來怎麼辦」這個話題。裕太選擇了忍氣吞聲，由紀選擇抓到兇手。如果裕太的選擇正確，那麼由紀的選擇就是錯的。選擇錯誤時——會有處罰——

「川瀨有危險！」

裕太站起身，急忙尋找由紀。

衝出公園時，一輛車高速行駛過他眼前，車子的後座上可見一名女性被他人壓制住。雖然只有一瞬間看到臉部，但似乎是由紀。

「由紀……」

裕太立刻打電話給她，但手機一接通，只傳來機械聲的語音留言：「……處罰中、處罰中、處罰中……」

「怎麼回事？我該怎麼辦？」

裕太再度變得優柔寡斷，茫然杵在原地——

國家圖書館出版品預行編目資料

沒有出口 / 藤 達利歐著 ; 許金玉譯. -- 初版. --
臺北市 : 皇冠, 2015. 7
面; 公分. --(皇冠叢書; 第4484種) (異文; 3)
譯自 : 出口なし
ISBN 978-957-33-3169-8(平裝)

861.57　　　　104011004

皇冠叢書第4484種

異文 | 3

沒有出口
出口なし

作　　者—藤 達利歐
譯　　者—許金玉
發 行 人—平雲
出版發行—皇冠文化出版有限公司
台北市敦化北路120巷50號
電話◎02-27168888
郵撥帳號◎15261516號
皇冠出版社(香港)有限公司
香港上環文咸東街50號寶恒商業中心
23樓2301-3室
電話◎2529-1778　傳真◎2527-0904
美術設計—彭裕芳
著作完成日期—2008年
初版一刷日期—2015年7月
初版五刷日期—2020年11月
法律顧問—王惠光律師

讀者服務傳真專線◎02-27150507
電腦編號◎554003
ISBN◎978-957-33-3169-8
Printed in Taiwan
本書定價◎新台幣260元/港幣87元